NUNCA, NUNCA

NUNCA, NUNCA

Colleen Hoover

Tarryn Fisher

Planeta

Título original: *Never, Never 2*
Publicado originalmente por CreateSpace Independent Publishing Platform

Traducción: Eloy Pineda
Diseño de portada: Sarah Hansen / Okay Creations
Ilustraciones de interiores: Carmen Irene Gutiérrez Romero
Diseño de interiores: Carmen Irene Gutiérrez Romero

© 2015, Colleen Hoover and Tarryn Fisher

Derechos mundiales exclusivos en español
Publicados mediante acuerdo con Dystel & Goderich Literary Management,
One Union Square West, Suite 904, Nueva York, NY 10003-4793, USA y
Jane Rotrosen Agency LLC, 318 East 51st Street, Nueva York, NY 10022, USA.

© 2017, Editorial Planeta Mexicana, S.A. de C.V.
Bajo el sello editorial PLANETA M.R.
Avenida Presidente Masarik núm. 111, Piso 2
Colonia Polanco V Sección
Deleg. Miguel Hidalgo
C.P. 11560, Ciudad de México
www.planetadelibros.com.mx

Primera edición: abril de 2017
ISBN: 978-607-07-3996-5

Impreso en los talleres de Litográfica Ingramex, S.A. de C.V.
Centeno núm. 162-1, colonia Granjas Esmeralda, Ciudad de México
Impreso y hecho en México – *Printed and made in Mexico*

*Este libro es para todos ustedes que adoran
los finales felices y me perdonaron por el de la primera parte.
Tarryn tuvo la culpa.*

—COLLEEN HOOVER

*Este libro es para todos los que piensan
que los finales felices y la Pepsi de dieta son estúpidos.*
—Tarryn Fisher

Silas

Empieza lentamente.

La lluvia.

Una gota por aquí, otra por allá. Primero en el parabrisas, frente a mí, y luego contra las ventanillas que me rodean. Suenan como miles de dedos golpeando el toldo de la camioneta al unísono. «Tap-tap-tap-tap-tap-tap-tap-tap-tap». Su rumor me rodea por completo. Lo percibo como si surgiera de mi interior, como si tratara de salir. El agua comienza a escurrir por el parabrisas, se une en gruesas líneas que parecen lágrimas. Se desliza hacia la parte inferior y desaparece más allá del cristal. Trato de encender los limpiaparabrisas, pero el carro está apagado.

«¿Por qué no está andando?».

Limpio el vaho de la ventana con la palma de mi mano para contemplar el exterior, pero la lluvia cae con tanta fuerza que no logro ver nada.

«¿En dónde estoy?».

Giro para ver el asiento trasero, pero no hay nadie allí. Nada. Me vuelvo a voltear al frente.

«Piensa, piensa, piensa».

¿Adónde me dirigía? Debí quedarme dormido.

«No sé dónde estoy.

»No sé dónde estoy yo.

»Yo… yo… yo…

»¿Quién soy yo?».

Los pensamientos que contienen la palabra «yo» parecerían la cosa más natural. Pero todos están huecos y carecen de peso para mí, porque «yo» no está unido a nadie. Ningún nombre, ninguna cara. Soy… nada.

El zumbido de un motor atrae mi atención: un carro reduce su velocidad y se aproxima al mío. El agua que proviene de sus llantas salpica el parabrisas de mi coche cuando pasa. Distingo sus luces traseras mientras el auto se detiene frente a mí.

«Luces de reversa».

Siento que el corazón me late en la garganta, en la punta de los dedos, en las sienes. Otras luces, en el toldo del carro, cobran vida. Rojo, azul, rojo, azul. Alguien sale del vehículo. Lo único que puedo percibir son siluetas. El cuerpo se acerca a mí, camina hacia la puerta del copiloto. Apenas muevo el cuello, mantengo los ojos fijos; él estira la mano hacia la ventanilla.

Un golpecito.

«Toc, toc, toc».

Presiono el botón de encendido para poder bajar las ventanillas («¿cómo supe hacerlo?»).

Un policía.

«Ayúdeme», quiero suplicar.

«Olvidé adónde iba», quisiera confesarle.

—¿Silas?

Su voz me sobresalta. Es fuerte. Está tratando de competir con el estruendo de la lluvia, por eso ha dicho la palabra «Silas» casi gritando.

¿Qué significa? Quizás es francés. Tal vez estoy en Francia y es un saludo. Tal vez debo decir «Silas» como respuesta.

El hombre se aclara la garganta.

—¿Se descompuso tu camioneta? —pregunta.

«No es francés».

Miro los controles del tablero. Me esfuerzo por abrir los labios y formar alguna palabra. Jadeo en busca de aire, estaba conteniendo la respiración inconscientemente. Cuando libero mis pulmones, el aire sale vacilante… siento una gran vergüenza. Le devuelvo la mirada al policía de pie junto a la ventanilla.

—No —digo. Mi voz me asusta. No la reconozco.

El oficial se inclina y señala algo en mi regazo.

—¿Qué tienes allí? —me cuestiona—. ¿Direcciones de algún lugar? ¿Estás perdido?

Miro el montón de papeles que descansa sobre mis piernas, no me parece conocido. Los empujo al asiento del pasajero, trato de apartarlos de mí; niego de nuevo con la cabeza.

—Yo, mmm, sólo estaba…

Un timbre interrumpe mis palabras. Un tono elevado que proviene del interior de la camioneta. Sigo el sonido, revuelvo los papeles para encontrar un celular debajo de ellos. Observo el identificador para saber quién llama. «Janette».

No reconozco a nadie con ese nombre.

—Necesitas apartarte del camino, hijo —observa el oficial, dando un paso hacia atrás. Presiono un botón al lado del teléfono para silenciarlo—. Sigue avanzando y regresa a la escuela. El juego de hoy es importante.

«Juego importante. Escuela. ¿Por qué nada de eso me resulta familiar?».

Muevo la cabeza para asentir.

—La lluvia debe amainar pronto —agrega. Da un empujoncito en el toldo del carro, como si me mandara lejos. Asiento de nuevo y pongo el dedo en el botón que controla las ventanillas—. Dile a tu padre que me reserve un asiento esta noche.

Afirmo de nuevo con un gesto. «Mi padre».

El oficial me observa por unos segundos más, con una mirada extraña. Finalmente sacude la cabeza y se retira hacia su patrulla.

Tomo el teléfono. Cuando estoy a punto de apretar una tecla, empieza a sonar de nuevo.

«Janette».

Quienquiera que sea Janette, realmente quiere que alguien conteste este teléfono. Deslizo el dedo por la pantalla y me lo llevo al oído.

—¿Bueno?

—¿La encontraste? —No reconozco la voz que proviene del auricular. Aguardo unos segundos antes de responder, así espero a que se me ocurra alguna idea—. ¿Silas? ¿Bueno?

Ella acaba de pronunciar la misma palabra que dijo el oficial. «Silas». Excepto que la dijo como un nombre.

¿*Mi* nombre?

—¿Qué? —exclamo al teléfono, completamente confundido por todo.

—¿La encontraste? —Detecto pánico en su voz.

«¿La encontré?». ¿A quién se supone que estoy buscando? Me doy vuelta y reviso una vez más el asiento trasero, aunque sé que no hay nadie en el carro conmigo. No tengo idea de cómo responder a la pregunta que Janette acaba de plantearme.

—¿La encontré? —repito la pregunta—. Yo... ¿*tú* la encontraste?

Un gruñido llega desde el otro lado de la línea.

—¿Por qué te llamaría si la hubiera encontrado?

Aparto el teléfono de mi oreja y lo observo. Estoy tan aturdido. Lo presiono contra mi oído de nuevo.

—No —confieso—. No la encontré.

Tal vez esta chica sea mi hermanita. Se escucha joven, más joven que yo. Quizás perdió a su perrita y yo la estaba buscando. Tal vez derrapé el auto en la lluvia y me golpeé la cabeza.

—Silas, ella no hace estas cosas —contesta Janette—. Me hubiera dicho si no iba a regresar a casa o si pensaba faltar a la escuela hoy.

Está bien, supongo que no estamos hablando de una perrita. El hecho de que estoy casi seguro de que nos referimos a una persona que al parecer ha desaparecido me hace sentir muy incómodo, considerando que en este momento ni siquiera sé del todo quién soy. Necesito colgar antes de decir algo incorrecto, algo incriminatorio.

Janette, me tengo que ir. Seguiré buscando.

Termino la llamada y coloco el teléfono sobre el asiento junto a mí. Los papeles que estaban en mis piernas llaman mi atención. Estiro la mano y los levanto. Las páginas están engrapadas, así que reviso la primera. Es una carta, dirigida a mí y a algún otro tipo llamado Charlie.

Charlie y Silas:
Si no saben por qué están leyendo esto, entonces han olvidado todo.

¿Qué diablos? La primera frase no es para nada lo que esperaba leer. No sé qué imaginé encontrar en estas letras.

No reconocen a nadie, ni siquiera a ustedes mismos.

Por favor, no se espanten y lean esta carta de principio a fin. Compartiremos todo lo que sabemos, que por ahora no es mucho.

Es un poco tarde para aquello de «no se espanten».

No estamos seguros de lo que pasó, pero tememos que, si no lo escribimos, podría suceder de nuevo. Al menos con todo anotado y en más de un lugar, estaremos más preparados si sucede de nuevo.

En las siguientes páginas encontrarán toda la información que poseemos. Tal vez ayudará de alguna manera.

Charlie y Silas

En lugar de pasar de inmediato a la siguiente página, dejo caer las hojas sobre mi regazo y me llevo las manos a la cara. Las froto de arriba abajo, de arriba abajo. Miro el espejo retrovisor, pero aparto la vista de inmediato, al no reconocer los ojos que me devuelven la mirada.

Esto no puede estar sucediendo.

Cierro los ojos y con los dedos aprieto el puente de mi nariz. Quiero despertar. Esto es un sueño y necesito despertar.

Pasa un carro a toda velocidad y lanza más agua al parabrisas. Resbala y desaparece debajo del cofre.

No puedo estar soñando. Todo es demasiado vívido, en extremo detallado. Los sueños son nebulosos y no fluyen de un momento a otro, como sucede ahora.

Recojo las hojas. Tras leer cada frase, me resulta más difícil seguir. Mis manos se vuelven por completo inestables; mi mente trata de captarlo todo. Definitivamente Silas es mi nombre y Charlie es en realidad una chica. Me pregunto si ella es quien está desaparecida. Continúo, aunque me cuesta dejar de lado la incredulidad y aceptar las palabras que estoy leyendo. No sé por qué no puedo creerlo, si todo coincide con el hecho de que no recuerdo nada. Sólo que, si rechazo el escepticismo, estaría admitiendo que esto es posible. Que, de acuerdo con lo escrito en esta carta, acabo de perder la memoria por cuarta vez al hilo.

Mi respiración es tan errática como la lluvia que cae contra el carro. Me llevo la mano izquierda a la nuca y la aprieto mientras leo el último párrafo, uno que aparentemente acabo de escribir hace cosa de unos diez minutos.

- Charlie subió a un taxi en Bourbon Street anoche y nadie la ha visto desde entonces. No sabe de esta carta. Encuéntrala. Lo primero que necesitas hacer es encontrarla. Por favor.

Las últimas palabras están garabateadas, apenas resultan legibles, como si el tiempo estuviera por agotarse cuando las escribí. Dejo las hojas sobre el asiento, medito todo lo que acabo de «aprender». La información se precipita en mi cabeza tan rápido como mi corazón golpea dentro de mi pecho. Puedo sentir cómo surge un ataque de

18

pánico, una crisis nerviosa. Aprieto el volante con ambas manos e inhalo y exhalo por la nariz. Se supone que debe producir un efecto calmante; eso creo. Al principio no parece funcionar. Permanezco sentado varios minutos. Pienso en lo que acabo de leer: Bourbon Street, Charlie, mi hermano, el Camarón, la lectura del tarot, los tatuajes, mi gusto por la fotografía. ¿Por qué nada me resulta conocido? Tiene que ser una broma. Debe tratarse de alguien más. No puedo ser Silas. Si fuera Silas, me sentiría como él; no experimentaría esta completa separación de la persona que se supone que soy.

Tomo de nuevo el teléfono y abro la cámara. Me inclino hacia delante, con una mano levanto mi camisa por encima de la cabeza y con la otra hago malabares para sacar una fotografía de mi espalda. Observo el resultado.

«Perlas».

Tengo un collar de perlas negras tatuado en la espalda, tal como decía en la carta.

—Mierda —susurro.

Mi estómago. Creo que estoy a punto de…

Abro la puerta del carro justo a tiempo. Lo que sea que haya desayunado ahora está en el suelo. Mi ropa se empapa mientras permanezco de pie, a la espera de vomitar otra vez. Cuando creo que ha pasado lo peor, me trepo de nuevo a la camioneta.

Miro el reloj. Son las 11:11 a.m.

Todavía no sé qué creer, pero cuanto más tiempo transcurre y no logro recordar, más empiezo a aceptar la idea de que tal vez sólo me restan poco más de cuarenta y siete horas antes de que esto se repita.

Estiro la mano a través del asiento del copiloto y abro la guantera. No sé qué es lo que busco, pero permanecer sentado sin actuar me parece un desperdicio de tiempo. Saco el contenido, aparto toda la información relativa al vehículo y al seguro. Encuentro un sobre con nuestros nombres. «Un duplicado de lo que acabo de leer». Husmeo entre los papeles hasta que una hoja al fondo de la guantera llama mi atención. Tiene mi nombre escrito en el anverso. La abro y reviso primero la firma en la parte inferior. Es una carta de Charlie. Regreso al inicio de la página y empiezo a leer.

Querido Silas:

Esta no es una carta de amor. ¿Está bien? No importa cuánto trates de convencerte a ti mismo de lo contrario, no lo es. Porque no soy ese tipo de chica. Odio a esas chicas, tan anhelantes de amor que me repugnan. Ugh.

De cualquier forma, esta es una anticarta de amor. Por ejemplo, no amo que me trajeras jugo de naranja y medicina la semana pasada, cuando estaba enferma. ¿Qué onda con la tarjeta? ¿Esperas que me sienta mejor porque me amas? Puff.

Y definitivamente no amo que finjas que sabes bailar cuando en verdad pareces un robot descompuesto. No es adorable y no me hace reír en absoluto.

Ah, y cuando me besas y me apartas para decirme que soy bonita. No me gusta esa maldita parte. ¿Por qué no puedes ser como los otros tipos que ignoran a sus novias? Es injusto que yo tenga que lidiar con esto.

Hablando de cómo haces todo mal, ¿recuerdas cuando me lastimé la espalda durante la práctica de porristas? ¿Y no fuiste a la fiesta de David por frotarme Biofreeze en la espalda y ver *Mujer bonita* conmigo? Fue una clara señal de lo necesitado y egoísta que puedes ser. ¡Cómo te atreves, Silas!

Tampoco toleraré la forma en que hablas de mí con nuestros amigos. Cuando Abby se burló de mi vestido y tú le respondiste que podía usar una bolsa de plástico y hacer que pareciera de alta costura, estuvo súper fuera de lugar. Y todavía más cuando llevaste a Janette al oftalmólogo cuando tuvo esos dolores de cabeza. Necesitas controlar tus emociones. Todos estos cuidados y consideraciones son poco atractivos.

Así que esta carta es para decirte que no te amo en absoluto, mucho menos que a cualquier otro ser humano en este planeta. No son mariposas lo que siento cada vez que entras en mi cuarto, sino polillas enfermas, borrachas, con una sola ala. Además, no eres nada atractivo. Me estremezco cada vez que veo tu piel sin manchas y pienso: <<Dios mío, este chico sería mucho más guapo con algunas espinillas y con los dientes chuecos>>. Así es, eres intolerable, Silas.

No estoy enamorada.
En lo más mínimo.
Nunca, nunca.

Charlie

Me quedo reflexionando sobre la manera en que ella se despide, leo sus palabras unas cuantas veces más.

No estoy enamorada.
En lo más mínimo.
Nunca, nunca.

Charlie

Doy vuelta a la hoja, busco alguna fecha. No hay nada que indique cuándo la escribió. Si esta chica me escribía cartas como esta, entonces ¿cómo puede ser verdad lo que acabo de leer en las otras hojas sobre el estado actual de nuestra relación? Obviamente estoy enamorado de ella. O por lo menos *estaba* enamorado de ella.

¿Qué nos sucedió?

¿Qué le sucedió a *ella*?

Doblo la hoja y la guardo donde la encontré. El primer lugar al que decido ir es a casa de Charlie; la dirección está escrita en lo que acabo de leer. Si ella no está allí, tal vez pueda obtener más información de su madre o de cualquier otro detalle que tal vez pasamos por alto antes.

Me detengo en la entrada. La puerta del garaje está cerrada. No puedo entrever si hay alguien en casa. El lugar está sucio. Un bote de basura está volteado junto a la banqueta y los desperdicios, dispersos por la calle. Un gato da zarpazos a la bolsa. Cuando salgo del auto, el animal corre por la calle. Miro alrededor mientras me abro paso hasta la puerta del frente. No hay nadie cerca, todas las ventanas y puertas de los vecinos están cerradas. Toco varias veces, no hay respuesta.

Miro alrededor por última vez antes de hacer girar el picaporte. «Sin seguro». Empujo la puerta en silencio.

En las cartas que nos escribimos, mencionamos en varias ocasiones el ático de Charlie, así que es el primer lugar que busco. «El ático de Charlie». Voy a conocer el ático antes que a ella misma. Una de las puertas del pasillo está abierta. Entro y descubro una recámara vacía. Dos camas: aquí debe ser donde duermen Charlie y su hermana.

Camino al clóset y levanto la vista hacia el techo, ahí está la entrada al ático. Aparto la ropa y al hacerlo un olor llena mi nariz. ¿Su olor? Huele familiar, como a flores, pero eso es una locura, ¿o no? Si no la recuerdo, no puedo evocar su olor. Uso las repisas como escalones y trepo.

La única luz proviene de la ventana ubicada al otro lado del cuarto. Es suficiente para iluminar el camino, pero no demasiado, así que saco mi teléfono y utilizo la lámpara.

«¿Cómo sabía que mi celular incluye una aplicación de una linterna?». Ojalá hubiera una explicación lógica de por qué recuerdo algunas cosas y otras no. Trato de encontrar un vínculo común entre las cosas que puedo recordar, pero el resultado es decepcionante.

Tengo que agacharme porque el techo es demasiado bajo y no me permite permanecer erguido. Atravieso el ático hacia un área para sentarse, en el extremo del lugar. Hay una pila de cobijas cubiertas con almohadas.

«¿Dormirá aquí?».

Me produce un escalofrío imaginar que alguien desee pasar tiempo en un espacio tan aislado. Charlie debe ser una chica solitaria.

Me doblo aún más para no golpearme la cabeza con las vigas. Observo a mi alrededor. Hay pilas de libros junto a las almohadas. Usa algunos como mesa y hay marcos con fotos encima de ellos.

Docenas de libros. Me pregunto si los ha leído todos o si sólo los necesita para confortarse. Tal vez los utiliza como escape de su vida real. Por el aspecto de este lugar, no la culpo.

Tomo uno. La portada es oscura, tiene una casa y una chica, combinadas en una sola figura. Me atemoriza, no puedo imaginarme sentado, leyendo libros como este, en la penumbra del ático.

Lo dejo a un lado y mi atención recae ahora sobre un cofre de cedro arrimado contra la pared. Parece viejo y pesado, como una reliquia que ha pasado de una generación a otra en su familia. Me dirijo hacia él y lo abro. Adentro hay aún más libros, todos con portadas completamente negras. Levanto el de hasta arriba y lo abro.

7 de enero a 15 de julio de 2011

Repaso las páginas y concluyo que es un diario. En la caja hay por lo menos cinco más.

Seguramente le encanta escribir.

Levanto almohadas y cobijas, busco algo donde guardar los diarios. Si quiero encontrar a esta chica, necesito saber qué lugares frecuenta, dónde podría estar, la gente a la que podría conocer. Los diarios son la manera perfecta de obtener esa información.

Finalmente hallo en el piso una mochila vacía, desgastada, la agarro y meto todos los diarios. Empiezo a apartar cosas, sacudo libros en busca de cualquier cosa que pueda ayudarme. En diversos lugares descubro cartas, unas cuantas pilas de fotografías, notas desprendibles al azar. Tomo todo lo que puedo echar en la mochila y me abro paso hasta la apertura del ático. Por lo que leí, sé que hay también unas cuantas cosas importantes en la recámara de mi casa, así que iré allí enseguida y revisaré todo el material lo antes posible.

Cuando llego a la entrada del ático, dejo caer la mochila por el agujero. Golpea el suelo con un fuerte estruendo y me sobresalto, debo ser más silencioso. Empiezo a descender por las repisas, una por una; trato de imaginar a Charlie haciendo el viaje hacia arriba y abajo por estas escaleras improvisadas todas las noches. Su vida debe ser bastante mala para tener que escapar al ático por elección propia. Cuando llego abajo, levanto la mochila, la echo sobre mi hombro y me dirijo a la puerta.

Me congelo.

No estoy seguro de qué hacer: el policía que hace un rato golpeó en la ventanilla de mi carro tiene ahora la vista fija en mí.

«¿Es ilegal estar en la casa de mi novia?».

Una mujer aparece en la puerta, detrás del oficial. Sus ojos muestran frenesí, están recubiertos con una mascarilla (como si se acabara de despertar). Tiene el pelo alborotado y el aroma a alcohol que despide atraviesa el cuarto.

—¡Te dije que estaba allá arriba! —grita ella, señalándome—. ¡Esta misma mañana le advertí que permaneciera fuera de mi propiedad, y aquí está otra vez!

«¿Esta mañana? Estupendo». Ojalá me hubiera informado a mí mismo de ese hecho en la carta.

—Silas —dice el oficial—. ¿Te molestaría acompañarme afuera?

Afirmo con la cabeza y me dirijo con precaución hacia ellos. Al parecer no he hecho algo tan malo, sólo me está pidiendo que hable con él. De lo contrario, me habría leído mis derechos de inmediato.

—¡Sabe que no debe estar aquí, Grant! —grita la mujer. Camina por el pasillo, hacia la sala—. ¡Lo sabe, pero sigue regresando! ¡Todo lo que busca es sacarme de mis casillas!

Esta mujer me odia. Mucho. Como no sé por qué, me resulta difícil disculparme por cualquier cosa que le haya hecho.

—Laura —responde el oficial—. Hablaré con Silas afuera, pero necesitas calmarte y hacerte a un lado para que lo haga.

Ella lo obedece. Me mira con desprecio cuando paso a su lado.

—Tú te sales con la tuya siempre, igual que tu papito —me espeta.

Aparto la vista para que ella no detecte la confusión en mi rostro, sigo al oficial Grant hacia afuera, apretando la mochila sobre mi hombro.

Por fortuna, la lluvia ha cesado. Caminamos hasta que nos paramos junto a su automóvil. Se da la vuelta para quedar frente a mí. No sé si podré responder las preguntas que va a lanzarme, espero que no sean demasiado específicas.

—¿Por qué no estás en la escuela, Silas?

Aprieto los labios mientras se me ocurre una respuesta.

—Yo, eh… —Miro sobre su hombro, un carro pasa—. Estoy buscando a Charlie.

No sé si debí decir eso. Si no pudiera informar a la policía sobre la desaparición de Charlie, seguro lo hubiera escrito en la carta. Pero, ahí sólo afirmaba que tenía que hacer todo lo posible por encontrarla; reportarla como desaparecida parece un buen primer paso.

—¿A qué te refieres con que la estás buscando? ¿No debería estar en la escuela?

Me encojo de hombros.

—No lo sé. No me llamó, su hermana no sabe nada de ella y no se presentó en la escuela hoy. —Con una mano apunto detrás de mí, en dirección a la casa—. Su propia madre está obviamente demasiado borracha como para darse cuenta de que está desaparecida, así que pensé encontrarla yo mismo.

Él ladea la cabeza, más por curiosidad que por preocupación.

—¿Quién fue la última persona que la vio y cuándo?

Trago saliva mientras me recargo en un pie y luego en otro con incomodidad, trato de recordar lo que decía la carta acerca de la noche anterior.

—Yo. Anoche. Discutimos y ella se negó a que la trajera a casa.

El oficial Grant hace un movimiento con la mano para indicar a alguien detrás de mí que se acerque. Me doy vuelta y veo a la madre de Charlie de pie en la puerta. Ella cruza el umbral y sale al patio.

—Laura, ¿sabes dónde está tu hija?

Ella levanta los ojos hacia el cielo.

—En la escuela, donde se supone que debe estar.

—No está allí —intervengo.

Grant mantiene los ojos fijos en Laura.

—¿Charlie vino a casa anoche?

Laura me mira y luego responde al policía.

—Por supuesto. —Su voz se apaga al final, como si no estuviera del todo segura.

—Está mintiendo —enfatizo bruscamente.

El oficial levanta una mano para indicarme que guarde silencio, dirige sus preguntas a Laura.

—¿A qué hora llegó a casa?

Puedo apreciar que el desconcierto inunda la cara de la mujer. Se encoge de hombros.

—La castigué por faltar a la escuela esta semana. Así que está arriba, en el ático, supongo.

—¡Charlie ni siquiera estaba en casa! —reclamo, alzando la voz—. ¡Ha tomado demasiado como para saber siquiera si su hija está en casa!

Laura acorta la distancia entre nosotros y empieza a lanzarme puñetazos a los brazos y al pecho.

—Vete de mi propiedad, hijo de perra —grita.

El policía la toma por los brazos y señala con la mirada en dirección a mi camioneta.

—Por última vez, Nash, regresa a la escuela.

La madre de mi novia se debate entre sus brazos, luchando por liberarse. Lo cierto es que ni siquiera lo perturba mientras Grant la aprieta con fuerza. Esto parece tan normal para él; me pregunto si ella ha llamado otras veces a la policía por mi causa.

—Pero… ¿y Charlie? —Me confunde que nadie más parezca preocupado por ella. Especialmente su propia madre.

—Probablemente está en la escuela —me contesta él—. De todos modos, seguro se aparecerá por el juego de esta noche. Hablaremos allí.

Muevo la cabeza de arriba abajo. Sé muy bien que no regresaré a la escuela. Cargo una bolsa con los secretos de Charlie y me dirijo directo a mi casa para encontrar más.

2
Silas

Lo primero que hago al cruzar la puerta de mi casa es detenerme. Nada en ella me resulta conocido, ni siquiera las fotografías que cuelgan de las paredes. Aguardo unos segundos, trato de acostumbrarme. Podría hurgar en la casa o examinar las fotos, pero con toda seguridad ya hice eso. El tiempo es una gran presión y, si quiero descubrir lo que le sucedió a Charlie (lo que nos sucedió a *nosotros*), necesito concentrarme en cosas en las que no hemos prestado atención antes.

Encuentro mi recámara y voy directo al clóset (a la repisa que contiene lo que hemos reunido, según dice la carta). Aviento todo sobre la cama, también lo que traigo en la mochila de Charlie. Reviso cada elemento para tener alguna idea de por dónde empezar. Hay tantas cosas. Tomo una pluma para anotar los detalles que podrían ser útiles si termino olvidando de nuevo.

Sé mucho del estado actual de mi relación con Charlie, pero casi nada sobre cómo empezamos a salir o por qué se

31

apartaron nuestras familias. No sé si algo de eso es siquiera un factor en lo que nos está pasando, pero siento que el mejor lugar para empezar es el principio.

Examino una de las notas con aspecto más desgastado. Está dirigida a Charlie, es algo que yo mismo escribí. Está fechada hace más de cuatro años, es una de las muchas cosas que agarré de su ático. Tal vez la lectura de algo escrito desde mi perspectiva me ayude a descubrir qué tipo de persona soy, aunque tenga más de cuatro años de antigüedad.

Me siento en la cama, me recargo contra la cabecera y empiezo a leer.

Charlie:

¿Puedes recordar una sola vez en que hayamos ido de vacaciones sin el otro? Hoy he estado pensando en eso. Nunca vamos mi familia inmediata y yo solos. Siempre salimos nuestros padres, Landon, Janette, tú y yo.

Una gran familia feliz.

Tampoco estoy seguro de que hayamos pasado una festividad separados. Navidad, Semana Santa, el Día de Acción de Gracias. Siempre los hemos compartido, en nuestra casa o en la de ustedes. Por eso siempre he sentido como si tuviera un hermano menor y dos hermanas. No me imagino cómo vivir sin que tú formes parte de mi familia.

Por eso tengo miedo de haberlo estropeado. Ni siquiera sé qué decir, porque no lamento haberte besado anoche. Sé que debería sentirme arrepentido y hacer todo lo posible para disculparme porque oficialmente he arruinado nuestra amistad. Pero no me arrepiento. Desde hace mucho tiempo quería cometer ese error. He tratado de descubrir cuándo cambiaron mis sentimientos hacia ti, pero después de reflexionar mucho llegué a la conclusión de que no se han modificado en lo absoluto. Te sigo queriendo como a mi mejor amiga, sólo que todo ha evolucionado.

Sí, te quiero mucho, pero también estoy enamorado de ti. No sólo te veo como mi mejor amiga, sino como mi mejor amiga a la que quiero besar. Siempre te he querido como un hermano quiere a su hermana. Pero, ahora te amo como un chico ama a una chica.

Así que, a pesar del beso, te juro que nada ha cambiado entre nosotros. Sólo se ha transformado en algo más. En algo mucho mejor.

Anoche, cuando estabas acostada a mi lado, mirándome con una sonrisa inocente, no pude evitarlo. Tantas veces me has dejado sin aliento o me has hecho sentir como si mi corazón estuviera atrapado dentro de mi estómago. Lo de anoche rebasó lo que cualquier muchacho de catorce años puede controlar. Así que tomé tu cara entre mis manos y te besé, tal como lo había soñado durante más de un año.

Últimamente, cuando estoy cerca de ti, me siento demasiado embriagado como para hablarte. Y nunca he probado el alcohol, pero estoy seguro de que besarte debe de tener el mismo efecto. Si ese es el caso, me preocupa mi sobriedad, porque creo que ya me estoy volviendo adicto a tus besos.

No he sabido de ti desde el instante en que te escurriste debajo de mí y saliste de mi recámara anoche, así que ya estoy preocupado de que no hayas interpretado el beso como yo lo hago. No contestas el teléfono. No has respondido mis mensajes. Así que te escribo esta carta en caso de que necesites un recordatorio de lo que sientes por mí, porque parece que tratas de olvidar.

Por favor, no olvides, Charlie.

Nunca permitas que tu obstinación te lleve a creer que nuestro beso fue incorrecto.

Nunca olvides lo bien que se sintió cuando finalmente mis labios tocaron los tuyos.

Nunca dejes de necesitar que te bese así de nuevo.

Nunca olvides la manera en que te acercaste a mí, deseando sentir mi corazón dentro de tu pecho.

Nunca impidas que te bese en el futuro, cuando una de tus risas provoque mi anhelo de ser parte de ti, una vez más.

Nunca dejes de querer que te estreche como por fin pude hacerlo anoche.

Nunca olvides que yo fui tu primer beso verdadero.

Nunca olvides que tú serás el último mío.

Y nunca dejes de amarme entre todos ellos.

Nunca dejes de hacerlo, Charlie.

Nunca olvides.

Silas

No sé cuánto tiempo me quedo contemplando la carta. El suficiente para sentirme aún más confundido. A pesar de que no conozco a esta chica en absoluto, de alguna manera creo en cada palabra de esta carta. Hasta la siento un poco. Mi pulso empieza a acelerarse. En la última hora, he hecho todo lo que puedo para encontrarla; la necesidad de saber que ella está bien es apremiante. Estoy preocupado.

«Necesito encontrarla».

Tomo otra carta para buscar más pistas y en ese momento suena mi teléfono. Lo levanto y respondo sin mirar quién llama. No tiene caso filtrar las llamadas, porque de cualquier forma no conozco a ninguna de las personas que hablan.

—¿Bueno?

—Te das cuenta de que hoy es uno de los juegos más importantes de tu carrera en el futbol americano, ¿verdad? ¿Por qué demonios no estás en la escuela?

La voz es pesada y furiosa.

«Mi padre».

Aparto el teléfono y miro la pantalla. No tengo idea de qué contestar. Necesito leer más de estas cartas para saber cómo respondería normalmente a mi padre. Indagar sobre estas personas que, al parecer, saben todo sobre mí.

—¿Bueno? —repito.

—Silas, no sé lo que está…

—No te escucho —digo casi a gritos—. ¿Bueno?

Antes de que él pueda hablar de nuevo, termino la llamada y dejo caer el celular sobre la cama. Tomo cuantas cartas y diarios caben en la mochila. Corro; no debo estar aquí. Podría aparecer alguien con quien aún no estoy listo para interactuar.

Alguien como mi padre.

3

Charlie

«¿Dónde estoy?». Es la primera pregunta.

Luego: «¿Quién soy?».

Sacudo la cabeza de un lado a otro, como si ese simple movimiento pusiera a funcionar mi cerebro de nuevo. Por lo general, la gente despierta y sabe quién es… *¿cierto?* Me duele el corazón por lo rápido que golpetea. Tengo miedo de incorporarme, terror de lo que veré cuando lo haga.

Estoy confundida… abrumada. Empiezo a llorar. ¿Es más extraño que me moleste descubrir que soy una llorona que no tener ni la más remota idea de quién soy? Estoy tan enojada conmigo misma por mi reacción que me limpio con dureza las lágrimas y me incorporo. En el acto, me doy un golpazo en la cabeza contra los barrotes de metal de una cama. Después de estremecerme, no me queda más que sobarme.

Al menos estoy sola.

¿Cómo le explicaría a alguien que no sé quién soy ni dónde estoy? Me encuentro en una cama. En un cuarto. Es difícil saber qué tipo de habitación es, está demasiado oscuro. No hay ventanas. Un foco parpadea en el techo como en código Morse descoordinado. No tiene la intensidad suficiente para iluminar del todo, pero puedo observar que el techo está fabricado con mosaico blanco brillante, las paredes también son blancas y no hay más que un pequeño televisor atornillado a la pared.

Descubro una puerta. Me incorporo para acercarme a ella, experimento una sensación pesada en el estómago mientras coloco un pie enfrente del otro. «Va a estar cerrada con llave, va a estar cerrada con llave…».

Está cerrada con llave.

Siento pánico, pero me tranquilizo, me digo a mí misma que debo respirar. Estoy temblando. Presiono mi espalda contra la puerta y observo mi cuerpo. Llevo una bata de hospital y calcetas. Paso las manos por mis piernas para revisar cuánto vello hay en ellas (no mucho). ¿Eso significa que me rasuré hace poco? Tengo el cabello negro. Jalo un poco frente a mi cara para examinarlo. Ni siquiera sé cómo me llamo. Esto es una locura. Eso es, tal vez estoy loca. «Sí. Oh, Dios mío». Estoy en un hospital psiquiátrico. Parece lo único con sentido. Me doy la vuelta y golpeo la puerta.

—¿Hola?

Presiono mi oído y trato de distinguir algún sonido del otro lado. Puedo escuchar un suave zumbido. ¿Un generador? ¿Aire acondicionado? Es algún tipo de máquina. Un escalofrío me estremece.

Corro a la cama, me siento en el rincón y me doblo sobre mí misma para así ver la puerta. Llevo mis rodillas al
pecho, respirando con dificultad. Estoy asustada, pero no
puedo hacer otra cosa más que esperar.

4
Silas

La correa de la mochila se me entierra en el hombro mientras me abro paso entre el enjambre de estudiantes que hay en el vestíbulo. Finjo que sé lo que estoy haciendo, pero no tengo ni la más remota idea. En lo que a mí concierne, esta es la primera vez que pongo un pie en esta escuela, la primera vez que veo las caras de estas personas. Me sonríen, agitan sus cabezas para saludarme. Yo respondo lo mejor que puedo.

Observo los números en los casilleros, camino por los corredores hasta que encuentro el mío. De acuerdo con lo que escribí, estuve aquí esta mañana, buscando en este mismo sitio hace pocas horas. Obviamente no encontré nada entonces, seguro que no encontraré nada ahora.

Cuando finalmente llego a mi casillero, siento que se evapora una esperanza de la que ni siquiera era consciente. Una parte de mí esperaba encontrar a Charlie allí parada, riéndose de haberme hecho esta mala broma. Tenía la ilusión de que este embrollo se terminaría con eso.

«Sería absurdo tener tanta suerte».

Ingreso la combinación del casillero de Charlie y lo abro en un intento por toparme con algo que antes pasáramos por alto. Mientras reviso, puedo sentir que alguien se acerca a mí por la espalda. No quiero voltear y tener que interactuar con una cara poco familiar, así que finjo no darme cuenta de que hay alguien parado detrás, con la intención de que se vaya.

—¿Qué estás haciendo?

Es la voz de una chica. Como no sé cómo suena la voz de Charlie, me doy la vuelta, esperando que sea ella. Alguien que no es Charlie me regresa la mirada. Con base en su aspecto, supongo que es Annika. Coincide con la descripción de nuestros amigos escrita por Charlie en las notas.

«Ojos grandes, pelo oscuro y rizado, expresión de aburrimiento».

—Mmm… busco algo —murmuro, y me vuelvo a girar para quedar de frente al casillero. Aquí no hay pista alguna, así que lo cierro e ingreso la combinación del mío.

—Amy me dijo que Charlie no estaba en su casa esta mañana cuando pasó a recogerla. Janette ni siquiera sabía dónde se encontraba —me reclama Annika—. ¿Dónde está?

Me encojo de hombros mientras abro la puerta de mi casillero, tratando de disimular, para que ella no note que estoy leyendo la combinación de una hoja de papel.

—No sé. Todavía no tenemos noticias de ella.

Annika permanece parada en silencio detrás de mí hasta que termino de buscar en mi propio casillero. Mi teléfono empieza a sonar. Mi padre está llamando de nuevo.

—¡Silas! —dice alguien que va pasando en ese momento. Levanto la vista para ver un reflejo de mí mismo, sólo que más joven y no tan… *intenso*. «Landon»—. ¡Papá quiere que le llames! —exclama, caminando en dirección opuesta.

Levanto el teléfono, con la pantalla hacia él, para que vea que ya lo sé. Sacude la cabeza, se ríe y desaparece por el corredor. Quiero pedirle que regrese. Tengo tantas preguntas que hacerle, pero sé que todo sonaría como una locura.

Presiono un botón para ignorar la llamada y deslizo el celular hacia mi bolsillo. Annika todavía está de pie a mi lado y no tengo idea de cómo quitármela de encima. Al parecer, el viejo Silas tenía conflictos con el compromiso, así que espero que Annika no sea una más de sus conquistas.

El yo de antes le está dificultando las cosas al yo actual.

Justo cuando comienzo a decirle que debo irme a mi última clase, capto un atisbo de una chica por encima del hombro de Annika. Mis ojos se fijan en los suyos y ella rápidamente mira hacia otro lado. Por la manera en que se escabulle, me doy cuenta de que debe ser la chica a la que Charlie llamaba «el Camarón» en nuestra carta. Porque realmente parece un camarón: tiene la piel rosada, el cabello claro y sus ojos son oscuros, pequeños y saltones.

—¡Hey! —la llamo.

Ella continúa avanzando para alejarse lo más posible.

Empujo a Annika y corro detrás de la chica.

—¡Hey! —le hablo de nuevo, pero ella acelera el paso hasta hacerse más pequeñita, sin voltear nunca. Debería saber su nombre. Aunque quizás no se detendría si sólo grito su nombre. Estoy seguro de que si exclamo a todo pulmón: «¡Hey, Camarón!», no me ganaría su simpatía.

Qué apodo. Los adolescentes pueden ser tan crueles. Me siento avergonzado de ser uno de ellos.

Justo antes de que su mano alcance el picaporte de un salón de clases, me alcanzo a deslizar frente a ella, de espaldas a la puerta. Da un rápido paso hacia atrás, sorprendida de ver que me dirijo a ella. Abraza sus libros contra el pecho y mira alrededor, pero estamos al final del corredor y no hay otros estudiantes a nuestro alrededor.

—¿Qué... qué quieres? —cuestiona, su voz es un susurro disperso.

—¿Has visto a Charlie?

La pregunta parece causarle más sorpresa que el hecho de que le esté hablando. De inmediato da otro paso para alejarse de mí.

—¿A qué te refieres? —inquiere de nuevo—. Ella no me está buscando, ¿o sí? —Su voz evidencia temor. «¿Por qué le tendría miedo a Charlie?».

—Escucha —digo, mirando por el pasillo para asegurar nuestra privacidad. La observo de nuevo y me doy cuenta de que está conteniendo la respiración—. Necesito un favor, pero no quiero hablar de eso aquí. ¿Podemos vernos después de clases?

De nuevo la expresión de asombro. Acto seguido, niega con la cabeza. Su renuencia a tener algo que ver con Charlie o conmigo despierta aún más mi interés. Sabe algo y lo está escondiendo, o sabe algo que podría ser de ayuda, pero no tiene idea de que lo sabe.

—¿Sólo unos minutos? —le pido. Ella niega con la cabeza, justo al instante en que alguien se acerca caminando en nuestra dirección. Corto la conversación sin darle oportunidad de negarse una vez más—. Te veo en mi casillero después de clases. Tengo un par de preguntas —le aviso, después me alejo.

Avanzo por el corredor, pero no sé adónde dirigirme en realidad. Tal vez debería ir al departamento de deportes y buscar mi casillero. De acuerdo con lo que leí en nuestras notas, en el vestidor hay una carta más que aún no he revisado, junto con algunas fotografías.

Doy vuelta en una esquina y tropiezo con una chica, nuestro choque produce que se caiga su bolso. Balbuceo una disculpa y la rodeo, voy apurado por el corredor.

—¡Silas! —grita ella.

Me detengo.

«Mierda. No tengo idea de quién es».

Con gran lentitud, giro sobre mis talones. La muchacha permanece de pie, muy derecha, levanta aún más la correa del bolso sobre su hombro. Espero a que agregue algo, pero sólo se me queda viendo. Después de unos segundos, eleva sus palmas al aire.

—¿Y bien? —dice, frustrada.

Inclino la cabeza, confundido. ¿Espera una disculpa?

—¿Y bien… *qué*?

Resopla y dobla sus brazos sobre el pecho.

—¿Encontraste a mi hermana?

«Janette. Es Janette, la hermana de Charlie. Mierda».

Es suficientemente difícil buscar a una persona desaparecida, pero tratar de hacerlo cuando no tienes idea de quién eres tú, quién es ella o quiénes son todos los demás, es como intentar dispararle a la nada.

Todavía no respondo. Sigo en eso. ¿Y tú?

Janette da un paso hacia mí y hace una mueca.

—¿Crees que si la hubiera encontrado te estaría preguntando si tú la encontraste?

Me alejo y pongo algo de distancia entre esa mirada fulminante y yo.

«Está bien». Así que Janette no es una persona muy agradable. Debo escribir eso en las notas para futuras referencias.

Ella saca un teléfono de su bolso.

—Voy a llamar a la policía —me comenta—. Realmente estoy preocupada.

—Ya hablé con la policía.

Janette clava sus ojos en los míos.

—¿Cuándo? ¿Qué dijeron?

—Estaba en tu casa. Tu madre llamó al oficial Grant cuando me descubrió buscando a Charlie en el ático. Le informé que no hemos visto a tu hermana desde anoche, pero tu madre hizo que sonara a exageración mía, así que el policía no lo tomó muy en serio.

Janette gruñe.

—Imagínate —dice ella—. Bueno, voy a llamarlos de nuevo. Necesito salir para tener mejor recepción. Te haré saber cualquier cosa. —Me rodea para poder salir.

Cuando se va, retomo mi camino hacia donde pienso que podría ubicarse el edificio de deportes.

—Silas —«¿Es broma? ¿No puedo dar cinco pasos en este corredor sin tener que hablar con alguien?».

Nuevamente volteo para enfrentar a quien sea que pretende desperdiciar mi tiempo, sólo para toparme con una chica (o, más bien, una mujer) que coincide a la perfección con la descripción de Avril Ashley.

Esto es justamente lo que *no* necesito en este momento.

—¿Puedo verte en mi oficina, por favor?

Aprieto la nuca y sacudo la cabeza.

—No puedo, Avril.

Ella no revela en absoluto lo que pasa por su cabeza. Me mira con una expresión impasible.

—Mi oficina. Ahora —ordena, se da la vuelta sobre sus tacones y avanza por el pasillo.

Se me ocurre correr en la dirección opuesta, pero llamar la atención no es una buena idea. La sigo con renuencia hasta la puerta de la administración. Pasamos junto a la secretaria, rumbo a su oficina. Doy un paso a un lado mientras Avril cierra la puerta, pero no tomo asiento. Ella aún no me mira y yo observo todo con precaución.

Se abre paso hasta la ventana y contempla lo que hay fuera, abrazándose a sí misma. El silencio es incómodo.

—¿Quieres explicarme lo que pasó el viernes por la noche? —pregunta.

De inmediato hurgo en mi memoria, que está en pañales, para saber de qué está hablando.

«Viernes, viernes, viernes».

Sin mis notas cerca, me quedo vacío. No puedo recordar cada detalle de lo que he leído en las últimas dos horas.

Ante mi mutismo, ella deja escapar una suave risa.

—Eres increíble —dice, volteando a verme. Tiene los ojos rojos pero secos, hasta ahora—. ¿Qué demonio te poseyó para que golpearas a mi padre?

Ah. El restaurante. La pelea con el propietario. El padre de Brian.

«Espera».

Los vellitos de la piel de mi nuca se ponen de punta. ¿Avril Ashley es *hermana* de Brian Finley? ¿Cómo es eso siquiera posible? ¿Y por qué Charlie y yo estaríamos saliendo con ellos?

—¿Tuvo que ver con ella? —me cuestiona.

Avril lanza demasiada información a la vez. De nuevo aprieto mi nuca con las manos y logro expeler un poco de los nervios que me abruman. Ella reacciona ante el hecho de que no me muestro de humor para discutir. Da varios pasos rápidos hacia mí, hasta que su dedo queda clavado en mi pecho.

—Mi padre le estaba ofreciendo trabajo, tú lo sabes. No sé qué planeas, Silas. —Regresa a la ventana, pero luego lanza los brazos hacia arriba, con frustración, y me encara—. Primero, te apareces aquí hace tres semanas y actúas como si Charlie destruyera tu vida por su relación con Brian. Me haces sentir pena por ti. Incluso me haces sentir culpable tan sólo por ser su hermana. Y luego usas eso y me manipulas para que nos besemos y, cuando finalmente caigo, te apareces todos los días sin más. Luego vas al restaurante de mi padre y lo atacas, y concluyes todo eso rompiendo conmigo. —Da un paso atrás y pone las manos contra su frente—. ¿Te das cuenta de la cantidad de problemas en que me puedo involucrar, Silas? —Camina de un lado a otro—. Me gustas. Arriesgué mi *trabajo* por ti. Demonios, arriesgué mi relación con mi propio *hermano* por ti. —Se queda mirando el techo, con las manos sobre la cadera—. Soy una idiota. Estoy casada. Soy una mujer casada, con un título universitario, y aquí estoy involucrada con un estudiante simplemente porque es atractivo y soy demasiado tonta como para no darme cuenta cuando alguien me está usando.

Sobrecarga de información. Ni siquiera puedo responder, dejo que todo lo que me acaba de decir se asiente.

—Si le cuentas a alguien sobre esto, me aseguraré de que mi padre presente cargos contra ti —me amenaza.

Ese comentario me suelta la lengua.

—Nunca se lo diré a nadie, Avril. Lo sabes.

¿De verdad *lo* sabe? El antiguo Silas no parecía alguien digno de confianza.

Mantiene la mirada fija en mí varios minutos, hasta que parece satisfecha con mi respuesta.

—Vete. Y si necesitas un orientador lo que resta del año escolar, haznos un favor a los dos y cámbiate de escuela.

Coloco la mano en el picaporte a la expectativa de que ella diga algo más. Cuando no lo hace, trato de disculparme en nombre del viejo Silas.

—Si de algo sirve… Lo siento.

Presiona sus labios para formar una línea recta. Se da la vuelta y camina furiosa hacia su escritorio.

—Lárgate de mi oficina.

«Con gusto».

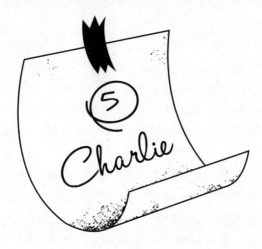

Charlie

Debí quedarme dormida. Escucho un leve pitido y luego el sonido de metal deslizándose contra metal. Abro los ojos y por instinto me recargo con fuerza contra la pared. No puedo creer que me haya quedado dormida. Ellos me drogaron.

«*Ellos*». Estoy a punto de descubrir quiénes son *ellos*.

La puerta se abre y mi respiración se acelera, me retuerzo contra el muro. Un pie, simples tenis blancos y luego… la cara sonriente de una mujer. Entra tarareando y cierra la puerta detrás de ella con un pie. Me relajo un poco. Parece una enfermera, está vestida con una bata de color amarillo pálido. Su pelo es oscuro y lo trae peinado hacia atrás en una cola de caballo. No es tan joven, tal vez tenga más de cuarenta años. Por un instante me cuestiono sobre mi propia edad. Me llevo la mano a la cara, como si pudiera sentir los años en mi piel.

—Hola —dice alegremente. Todavía no me ha mirado. Está ocupada con la comida.

Abrazo mis rodillas con más fuerza. Coloca una charola en una pequeña mesa que hay junto a la cama y levanta la vista por primera vez.

—Te traje tu almuerzo. ¿Tienes hambre?

«¿Almuerzo?». Me pregunto qué habrá pasado con el desayuno.

No respondo. Sonríe y levanta la tapa de uno de los platos, como para tentarme.

—Hoy toca espagueti —indica—. Te gusta el espagueti.

«¿Hoy? ¿Cuántos días llevo aquí?». Quiero preguntarle, pero mi lengua está congelada por el miedo.

—Estás confundida. Está bien. Aquí estás segura —susurra, como si adivinara mis pensamientos.

Qué gracioso. No me *siento* segura.

Me ofrece un vaso desechable. La miro con suspicacia.

—Tienes que tomar tus medicinas —comenta, sacudiendo el vaso.

Puedo escuchar el golpeteo de varias píldoras en el interior. «Me están drogando».

—¿Para qué es? —Me agito ante el sonido de mi voz. Es rasposa. No la he usado por un tiempo, o he gritado mucho.

Sonríe de nuevo.

—Lo usual, tontita. —Me frunce el ceño, de pronto se pone seria—. Sabemos lo que sucede cuando no tomas tus medicinas, Sammy. No quieres pasar por eso de nuevo.

«¡Sammy!».

¡Siento ganas de llorar porque al fin tengo un nombre! Estiro la mano para tomar el vaso. No sé a qué se refiere, pero no quiero pasar por eso de nuevo. Probablemente por eso estoy aquí.

—¿Dónde estamos? —pregunto.

Hay tres píldoras: una blanca, una azul y una café.

Ladea la cabeza mientras me entrega otro vaso de plástico con agua.

—Estás en el hospital Saint Bartholomew. ¿No te acuerdas?

¿Se supone que debo recordarlo? Si hago preguntas, va a pensar que estoy loca y, por el aspecto de la situación, tal vez ya lo estoy. No quiero empeorar las cosas, pero…

Suspira.

—Mira, realmente me estoy esforzando contigo, niña. Pero tienes que aplicarte esta vez. No podemos tener más incidentes.

Soy una chica. Causo incidentes. Por eso debo estar encerrada.

Inclino el vaso hasta que siento las píldoras en mi lengua. Me entrega el agua y la bebo. Tengo sed.

—Come —ordena, dando un aplauso.

Jalo la charola hacia mí. En realidad sí tengo mucha hambre.

—¿Quieres ver algo en la televisión?

Muevo la cabeza para afirmar. Es agradable. Y me *gustaría* ver televisión. Saca un control remoto de su bolsillo y enciende la pantalla. El programa que pasan es acerca de una familia. Están alrededor de una mesa, cenando. «¿Dónde estará mi familia?».

Empiezo a sentirme adormilada de nuevo.

Es sorprendente cuánto puedo descubrir con sólo mantener la boca cerrada.

Avril y Brian son hermanos.

Avril está casada, pero de alguna manera la hice caer en una suerte de relación torcida. Y esta es muy reciente, lo que no esperaba. Asimismo, es extraño que haya ido particularmente con ella para reconfortarme, a sabiendas de que Charlie y Brian estaban juntos.

Con base en lo que he aprendido de Silas (o de mí mismo), no me veo con alguien más que no sea Charlie.

¿Venganza? Tal vez sólo estaba usando a Avril para obtener información sobre Charlie y Brian.

Paso los siguientes diez minutos sopesando lo que he aprendido mientras me abro paso por el campus en busca del departamento de deportes. Todo parece repetitivo: caras, edificios, estúpidos carteles motivacionales. Finalmente me doy por vencido y me meto en un salón de clases. Me siento al fondo, ante una mesa, y abro la mochila que contiene mi pasado. Saco los diarios y unas cuantas cartas, los organizo por fechas. La mayor parte de las cartas son entre nosotros, pero algunas son para Charlie de su padre, escritas desde la prisión. Eso me entristece. Hay algunas de personas que no ubico (amigos de ella, supongo). Esas notas me molestan, llenas de ansiedad superficial y adolescente, y escritas con mala ortografía. Las hago a un lado, frustrado. Tengo la certeza de que cualquier cosa que nos esté pasando poco tiene que ver con alguien más.

Tomo una de las cartas del padre de Charlie:

QUERIDO CACAHUATE:

RECUERDAS POR QUÉ TE LLAMO ASÍ, ¿VERDAD? ERAS TAN PEQUEÑA CUANDO NACISTE. ANTES DE TI, NUNCA HABÍA CARGADO A UN BEBÉ, Y CUANDO TE TUVE EN BRAZOS LE DIJE A TU MAMÁ: «ES PEQUEÑA, ¡COMO UN CACAHUATITO HUMANO!».

TE EXTRAÑO. SÉ QUE ESTO DEBE SER MUY DIFÍCIL PARA TI. SÉ FUERTE, POR TU HERMANA Y POR TU MAMÁ. ELLAS NO SON COMO NOSOTROS Y NECESITARÁN QUE RESUELVAS LAS COSAS DURANTE ALGÚN TIEMPO. HASTA QUE YO REGRESE A CASA. CRÉEME, ESTOY TRABAJANDO DURO PARA IR CON USTEDES. MIENTRAS TANTO, HE ESTADO LEYENDO MUCHO. HASTA LEÍ ESE LIBRO QUE TE ENCANTÓ. EL QUE TIENE UNA MANZANA EN LA PORTADA. ¡GUAU! ESE EDWARD ES... ¿CÓMO LO DIJISTE?... UN SOÑADOR.

Te escribo sobre algo importante. Así que por favor préstame atención. Sé que conoces a Silas desde hace mucho tiempo. Es un buen chico. No lo culpo por lo que hizo su padre. Pero tienes que mantenerte alejada de esa familia, Charlize. No confío en ellos. Me gustaría explicarte todo; algún día lo haré. Pero, por favor, mantente lejos de los Nash. Silas es sólo un peón en el juego de su padre. Tengo miedo de que lo estén usando para atraparme. Prométeme, Charlize, que pondrás distancia con ellos. Le comenté a tu mamá que pueden usar el dinero de la otra cuenta para sobrevivir por un tiempo. Si es necesario, vende sus anillos. Ella no querrá, pero de todos modos hazlo.
Te amo,

Papá

Leo la carta dos veces para asegurarme de no pasar nada por alto. Lo que sea que haya sucedido entre mi padre y el suyo, fue algo serio. El hombre está en prisión y, por la lectura de la carta, él no cree que la sentencia sea justa. Me hace cuestionar la inocencia de mi padre.

Coloco la carta aparte. Si separo todos los documentos que podrían tener algún significado, entonces no tendremos que perder el tiempo con cosas inútiles, en caso de que perdamos de nuevo nuestros recuerdos.

Abro otra carta que tiene aspecto de haberse leído miles de veces.

Querida nenita Charlie:

Realmente te enojas cuando tienes hambre. Te hamfureces. Es como si te transformaras en otra persona. ¿Podemos tener siempre barras de granola en tu bolso o algo? Sólo me preocupo por mis pelotas. Los chicos están diciendo que me latigueas. Entiendo que lo perciban así. Ayer corrí como un tonto para conseguirte una cubeta de pollo y me perdí la mejor parte del juego. ¡El más grande regreso en la historia del futbol americano y no lo vi! Todo porque estoy tan asustado... tan enamorado de ti. Tal vez me latigueas. Te veías súper sexy con toda esa grasa de pollo en la cara, arrancando la carne con los dientes como una salvaje. ¡Dios! Quiero casarme contigo.

Nunca, nunca,

Silas

Puedo sentir que una sonrisa empieza a formarse en mi cara, pero de inmediato la dejo de lado. El hecho de que ella esté en algún lugar allá fuera y no tenga idea de quién es o dónde está, es razón suficiente para evitar las sonrisas. Tomo otra carta, esta vez confío en que sea algo de ella para mí.

Querido bebé Silas:

El-mejor-concierto-de-mi-vida. Tal vez sí seas más guapo que Harry Styles, sobre todo cuando mueves el hombro y finges que fumas un puro. Gracias por encerrarnos en el clóset de las escobas y luego mantener tu promesa. REALMENTE me gustó ese clóset. Espero que algún día, en nuestra propia casa, podamos repetirlo. Por ejemplo, mientras los niños duerman la siesta. Excepto que con bocadillos, porque... me hamfurezco. Y hablando de comida, tengo que irme porque los niños que cuido están tirando un frasco de pepinillos por el excusado. ¡Ups! Tal vez sólo deberíamos tener un perro.

Nunca, nunca,
Charlie

Me gusta ella. Hasta me gusto a mí mismo por ella.

Un dolor sordo empieza a abrirse paso por mi pecho. Froto el área mientras miro la letra de Charlie. Me resulta, por extraño que parezca, familiar.

Tristeza. «Recuerdo cómo se siente estar triste».

Leo otra carta escrita por mí, espero así descubrir más de mi personalidad.

Nenita Charlie:

Te extrañé hoy más que nunca. Fue un día difícil. Ha sido un verano difícil, en realidad. El juicio próximo, además del hecho de que no se me permite verte, han hecho que este sea oficialmente el peor año de mi vida.

Y pensar que empezó tan bien.

¿Recuerdas esa noche en que me metí por tu ventana? Yo lo tengo tan presente... tal vez porque aún tengo el video y lo miro todas las noches. Pero sé que aunque no lo conservara, recordaría cada detalle. Fue la primera vez que pasamos la noche juntos, aunque se supone que yo no debía estar allí.

Despertar y ver el sol resplandeciendo en tu cara, a través de la ventana, me hizo sentir como si se tratara de un sueño. Como si aquella chica a la que había sostenido entre mis brazos durante seis horas no fuera real. Porque la vida no podía ser tan perfecta y tan libre de preocupaciones como en ese momento.

Sé que a veces me reclamas y me haces pasar un mal rato por todo lo que te amé esa noche, pero creo que es porque nunca te expliqué en realidad por qué.

Después de que te dormiste, acerqué a nosotros la cámara de video. Te rodeé con mis brazos y escuché tu respiración hasta que caí dormido. A veces, cuando no puedo dormir, reproduzco ese video.

Sé que es extraño, pero eso es lo que amas de mí. Amas lo mucho que te amo. Porque sí: te amo demasiado. Más de lo que nadie merece ser amado. Pero no puedo evitarlo. Haces que sea difícil profesarte un amor normal. Lo que siento por ti es psico-amor.

Uno de estos días todos los problemas pasarán. Nuestras familias olvidarán lo mucho que se han herido entre sí. Verán el lazo que nos une y se verán forzadas a aceptarlo.

Hasta entonces, nunca pierdas la esperanza. Nunca dejes de amarme. Nunca olvides.

Nunca, nunca,

Silas.

Aprieto los ojos con fuerza y exhalo lentamente. ¿Cómo es posible extrañar a alguien a quien no recuerdas?

Hago a un lado las cartas y reviso los diarios de Charlie. Necesito encontrar lo referente a la disputa entre nuestros padres. Al parecer, eso fue el catalizador de la catástrofe en nuestra relación. Tomo uno y lo abro en una página al azar.

Odio a Annika. Dios mío, es tan estúpida.

Paso a otra página. Mis sentimientos hacia Annika también son negativos, pero eso no es relevante ahora.

Silas me horneó un pastel para mi cumpleaños. Sabía horrible. Creo que se le olvidó ponerle huevo. Pero fue el más hermoso fracaso de chocolate que he visto. Estaba tan feliz que ni siquiera hice cara de asco cuando comí una rebanada. Pero, por Dios, sabía horrible. El mejor novio que jamás ha existido.

Quiero seguir leyendo ese apartado, pero no lo hago. ¿Qué tipo de idiota olvida ponerle huevos a un pastel? Me salto unas páginas hacia delante.

«Hoy se llevaron a papá» empieza una hoja. Llama mi atención, por lo que hasta me siento más erguido.

Hoy se llevaron a papá. No siento nada. ¿Volveré a tener sentimientos algún día? O tal vez siento todo. Lo único que hago es sentarme aquí y mirar la pared. Debería estar haciendo algo, en lugar de permanecer indefensa. Todo ha cambiado. Siento una opresión en el pecho.

Silas sigue viniendo, pero no quiero verlo. No quiero ver a nadie. No es justo. ¿Para qué tienen hijos si luego van a salir con mierdas estúpidas y los van a dejar abandonados? Papá dice que todo es un malentendido y que la verdad saldrá a la luz, pero mamá no deja de llorar. No podemos usar ninguna de nuestras tarjetas de crédito, porque han congelado todo. El teléfono no para de sonar. Janette se la pasa sentada en su cama, chupándose el dedo pulgar como cuando era pequeña. Yo sólo me quiero morir. Odio a aquel que le hizo esto a mi familia. Ni siquiera puedo...

Avanzo unas cuantas páginas.

Tenemos que mudarnos de nuestra casa. El abogado de papá lo informó hoy. La corte la embargará para pagar su deuda. Sólo sé esto porque estaba oyendo detrás de la puerta de la oficina. En cuanto se fue el abogado, mi madre se encerró con llave en su recámara y no ha salido de allí en dos días. Debemos abandonar la casa en menos de una semana. Empecé a empacar parte de nuestras pertenencias, pero ni siquiera estoy segura de que nos permitan conservarlas. O adónde se supone que vamos a ir.

Se me empezó a caer el pelo hace una semana. En grandes mechones, cuando lo cepillo o en la regadera. Y ayer Janette se metió en problemas en la escuela por rasguñar a una niña en la cara cuando se burló de que mi papá está en prisión.

Tengo un par de miles de dólares en mi cuenta de ahorros pero, siendo serios, ¿quién va a rentarme un departamento? No sé qué hacer. Todavía no he querido ver a Silas. Viene todos los días. Le pido a Janette que lo corra. Me siento tan avergonzada. Todos hablan de nosotros, hasta mis amigas. Annika me incluyó por accidente en un grupo de mensajes donde se estaban enviando memes de la prisión. Ahora que lo pienso, no creo que haya sido un accidente. A ella le encantaría clavar sus garras sobre Silas. Ahora es su oportunidad. En cuanto él se dé cuenta de que mi familia es una vergüenza, no querrá tener nada que ver conmigo.

«Auch». ¿Ese tipo de persona era yo? ¿Por qué Charlie pensaría eso? Yo nunca… no creo que… yo nunca…

64

«¿O sí…?». Cierro el diario y me froto la frente. Me duele la cabeza y no me siento para nada cerca de descubrir lo necesario para desenmarañar los sucesos actuales. Decido leer una página más.

Extraño mi casa. Como ya no es mi casa, ¿aún puedo llamarla así? Extraño la que solía ser mi casa. En ocasiones voy allí, me paro al otro lado de la calle y recuerdo. Ni siquiera sé si la vida en verdad era tan estupenda antes de que papá fuera a prisión, o si sólo vivía en una burbuja rodeada de lujo. Por lo menos no me siento como una perdedora. Mamá no hace otra cosa más que beber. Ni siquiera se preocupa por nosotras. ¿Lo hacía antes o Janette y yo sólo éramos accesorios en su vida glamuroso? Porque ahora sólo se preocupa por sus propios sentimientos.

Me siento mal por Janette. Cuando menos yo tuve una vida real, con padres reales. Ella aún es pequeña. Nunca va a saber cómo es tener una familia completa. Está enojada todo el tiempo. Yo también. Ayer me burlé de un chico hasta hacerlo llorar. Me sentí bien; también mal. Pero como dijo papá, siempre y cuando sea más dura que ellos, no podrán hacerme daño. Sólo los venceré hasta que me dejen sola.

Vi a Silas un rato después de clases. Me llevó a comer hamburguesas y luego a casa. Fue la primera vez que conoció el hoyo de mierda en el que vivimos ahora. Pude notar el impacto en su cara. Me dejó afuera. Una hora después escuché una podadora. Silas fue a su casa, recogió una podadora y algunas herramientas, y se puso a arreglar el lugar. Quise amarlo por eso, pero únicamente sentí vergüenza.

Él finge que no le importa lo mucho que ha cambiado mi vida, pero sé que no es así. Tiene que preocuparle. Yo no soy la de antes.

Mi papá me ha estado escribiendo. Me ha dicho algunas cosas, pero ya no sé qué creer. Si él tiene razón... ni siquiera quiero pensar en ello.

Busco entre las cartas de su padre. ¿A cuál se refiere? Entonces la veo. Mi estómago se agita.

QUERIDA CHARLIZE:
AYER HABLÉ CON TU MADRE. ME CONTÓ QUE SIGUES VIENDO A SILAS. ESTOY DECEPCIONADO. TE PREVINE

66

SOBRE SU FAMILIA. SU PADRE ES LA RAZÓN POR LA QUE ESTOY EN LA CÁRCEL, PERO TÚ SIGUES AMÁNDOLO. ¿TE DAS CUENTA DE LO MUCHO QUE ESO ME LASTIMA? SÉ QUE PIENSAS QUE LO CONOCES, PERO ÉL NO ES DIFERENTE A SU PADRE. SON UNA FAMILIA DE VÍBORAS. CHARLIZE, POR FAVOR, COMPRENDE QUE NO TRATO DE LASTIMARTE. QUISIERA MANTENERTE A SALVO DE ESA GENTE, PERO ESTOY AQUÍ, ENCERRADO TRAS ESTOS BARROTES, INCAPAZ DE CUIDAR A MI PROPIA FAMILIA. TODO LO QUE PUEDO HACER ES PREVENIRTE, ESPERO QUE TOMES EN CUENTA MIS PALABRAS.

PERDIMOS TODO: NUESTRA CASA, NUESTRA REPUTACIÓN, NUESTRA FAMILIA. Y ELLOS TIENEN TODO LO QUE ERA DE ELLOS, ADEMÁS DE LO NUESTRO. NO ES CORRECTO. POR FAVOR, QUÉDATE LEJOS DE ELLOS. MIRA LO QUE ME HICIERON A MÍ. A TODOS NOSOTROS.

POR FAVOR, DILE A TU HERMANA QUE LA AMO.

PAPÁ

Me siento mal por Charlie después de leer estas palabras. Una chica desgarrada entre el muchacho que obviamente la amaba y un padre que la manipulaba.

Necesito visitar a su padre. Encuentro una pluma y anoto la dirección del remitente de las cartas. Saco mi teléfono y la busco en internet. La prisión está a unas dos horas y media en coche desde Nueva Orleans.

Dos horas y media es mucho tiempo cuando sólo tengo cuarenta y ocho horas. Y siento que ya he desperdiciado una parte considerable de ese tiempo. Tomo nota de los horarios de visita y decido que, si mañana temprano no he encontrado a Charlie, lo iré a ver. De acuerdo con las cartas que acabo de revisar, Charlie está más unida a su padre que a nadie más. Bueno, aparte del viejo Silas. Y si yo no tengo ninguna pista de dónde está ella, probablemente su padre sea uno de los pocos que podría ayudarme. Aunque me pregunto si él estará de acuerdo en verme.

Me sobresalto en mi asiento cuando suena la campana; han acabado las clases. Mantengo las cartas separadas y las guardo con sumo cuidado dentro de la mochila. Espero que el Camarón esté donde le pedí.

7

Charlie

Estoy encerrada en un cuarto con un chico. El lugar es muy pequeño y huele a blanqueador. Más pequeño que el espacio donde estaba antes de quedarme dormida. No recuerdo haber despertado o que me cambiaran de sitio, pero aquí estoy y, seamos honestos, no recuerdo gran cosa últimamente. Él está sentado en el piso, la espalda contra la pared, y tiene las rodillas separadas. Lo miro mientras inclina la cabeza hacia atrás y canta en voz muy alta el coro de «Oh, Cecelia».

Es muy atractivo.

—Oh, Dios mío —digo—. Si vamos a estar aquí encerrados, ¿por lo menos puedes cantar mejor?

No sé de dónde me sale eso. Ni siquiera conozco a este chico. Él termina la canción, enfatizando la última palabra con un «eh-eh-eh-eh» verdaderamente desafinado. Es entonces cuando me doy cuenta que no sólo reconozco la canción sino que también me sé la letra.

Las cosas cambian y, de pronto, ya no soy la chica. Estoy mirando a la chica que observa al muchacho.

Estoy soñando.

—Tengo hambre —dice ella.

Él levanta la cadera del piso y mete la mano en uno de sus bolsillos. Cuando la saca, hay en ella un Salvavidas.

—Eres un salvavidas —comenta ella, tomando el dulce.

Le da una patadita en el pie y él le sonríe.

—¿Cómo es que no estás enojada conmigo? —pregunta él.

—¿Por qué? ¿Por arruinar nuestra noche provocando que nos perdamos el concierto para hacerlo en el clóset de las escobas? ¿Por qué demonios estaría enojada? —Ella hace un espectáculo del simple hecho de deslizar la pastilla entre sus labios—. ¿Crees que nos escucharán aquí cuando termine el concierto?

—Espero que sí. O te *hamfurecerás* en verdad y te pondrás ruda conmigo toda la noche.

La muchacha se ríe; luego se sonríen entre ellos como idiotas. Puedo escuchar la música en el fondo. Ahora es una canción más lenta. Se encerraron aquí para hacerlo. Muy bonito. Siento envidia.

Ella se monta en él, y él baja sus piernas para acomodarla. Cuando la chica está montada a horcajadas, él sube y baja sus manos por su espalda; lleva un vestido morado y botas negras. Hay un par de trapeadores sucios y una gigantesca cubeta amarilla cerca de ellos.

—Te prometo que esto no sucederá cuando vayamos a ver a One Direction —expresa él con seriedad.

—Tú odias a One Direction.

—Sí, pero supongo que debo hacer sacrificios por ti. Ser un buen novio y esas cosas.

La mano de él acaricia la piel expuesta de las piernas de ella. Mueve los dedos por sus muslos como si subieran caminando. Casi puedo percibir que a ella se le pone la piel de gallina.

Ella echa la cabeza hacia atrás y empieza a cantar una canción de One Direction. Contrasta con la música detrás de ellos y canta peor que él.

—Dios mío —se queja él, cubriéndole la boca—. Te amo, pero no tanto. —Aparta su mano y ella la jala para besarle la palma.

—Claro que me amas. Y yo también.

Me despierto justo en el momento en que se besan. Experimento una intensa decepción. Me quedo muy quieta, deseando caer de nuevo para descubrir lo que sucedió. Necesito saber si salieron a tiempo para ver a The Vamps tocar por lo menos una canción. O si él cumplió su palabra y la llevó a ver a One Direction. Su unión me ha hecho sentir increíblemente sola; entierro mi cara en la almohada y lloro. Me gustaba mucho más su cuartito lleno de cosas de limpieza que este. Empiezo a tararear la canción que se oía al fondo y de pronto me incorporo de un salto.

Sí salieron. Durante el intermedio. Puedo escuchar la risa de él y ver la confusión en la cara del conserje que les abrió la puerta. ¿Cómo sé eso? ¿Cómo puedo visualizar algo que nunca sucedió? A menos que...

No era un sueño. Sucedió.

Me sucedió.

Oh, Dios mío. Esa chica era *yo*.

Estiro la mano para tocar mi cara, sonrío ligeramente. Él me amaba. Estaba tan... lleno de vida. Vuelvo a recostarme de espaldas, me pregunto qué le sucedió a ese chico y si él será la razón por la cual estoy aquí. ¿Por qué no ha venido a buscarme? ¿Puede una persona olvidar ese tipo de amor?

¿Y cómo pasó mi vida de eso... a esta pesadilla?

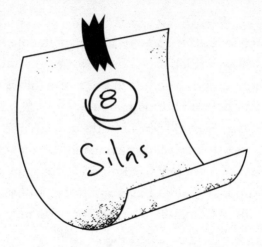

Las clases terminaron hace quince minutos. El corredor está vacío pero aquí sigo, esperando a que el Camarón aparezca. No estoy seguro de lo que le preguntaré si viene. Sólo tuve un presentimiento cuando la vi (el presentimiento de que esconde algo). Tal vez sea algo que ella ni siquiera se da cuenta que oculta, pero quiero descubrir qué sabe. ¿Por qué odia tanto a Charlie? ¿Por qué me odia tanto a mí?

Mi teléfono suena. Mi padre de nuevo. Lo ignoro, pero entonces descubro que he pasado por alto algunos mensajes. Los abro; ninguno es de Charlie. Claro que no podría enviarme nada, yo tengo su teléfono. Simplemente he aceptado que aún abrigo una ligera esperanza de que todo esto sea una broma. Que ella llamará o me enviará un mensaje o se aparecerá muerta de la risa.

El mensaje más reciente es de Landon:

> **Landon**
> Trae tu trasero a la práctica. Te estoy cubriendo de nuevo, ¡el juego empieza en tres horas!

No tengo idea de cómo usar eficientemente mi tiempo. Con toda seguridad, la práctica no es una buena idea, justo ahora lo que menos me importa es el futbol americano. Pero, si a esta hora normalmente estoy en la práctica, a lo mejor debo estar allí, en caso de que Charlie aparezca. Hasta ahora, todos están convencidos de que ella asistirá al juego de esta noche. Y como no se me ocurre qué más hacer, supongo que la buscaré allí. De todos modos, no parece que al Camarón le haya importado mi petición.

Por fin localizo los vestidores; me alivia encontrarlos vacíos. Todos están en el campo, de modo que busco la caja a la que me referí en las cartas que escribí para mí mismo. La descubro en la parte superior del casillero, la saco, levanto la tapa y me siento en una banca.

Reviso rápidamente las fotografías. «Nuestro primer beso». «Nuestra primera pelea». «Donde nos conocimos». La carta está al fondo de la caja. Arriba aparece el nombre de Charlie, escrito con la letra que he llegado a reconocer como mía.

Miro alrededor para cerciorarme de que aún dispongo de completa privacidad y luego desdoblo la carta.

Tiene fecha de la semana pasada. Justo un día antes de que perdiéramos la memoria por primera vez.

Charlie:

Supongo que esto es todo. El final de nosotros. El final de Charlie y Silas.

Por lo menos no fue sorpresivo. Ambos sabíamos, desde el día en que sentenciaron a tu padre, que no podríamos superarlo. Tú culpas a mi padre, yo culpo al tuyo. Ellos se culpan entre sí. Nuestras madres, que antes eran las mejores amigas, ni siquiera pronuncian en voz alta el nombre de la otra.

Pero, oye, por lo menos lo intentamos, ¿no? Nos esforzamos mucho, pero cuando dos familias se separan como sucedió con las nuestras, es complicado imaginar el futuro que pudimos tener y entusiasmarnos por ello.

Ayer, cuando te acercaste a cuestionarme sobre Avril, lo negué. Tú aceptaste mi negación, porque sabes que nunca te mentiría. Parece como si siempre estuvieras al tanto de lo que pasa por mi cabeza, así que nunca cuestionas si te digo la verdad o no, porque ya lo sabes.

Eso es lo que me preocupa, que aceptaras con tanta facilidad la mentira cuando sabes que es verdad. Lo cual me conduce a creer que tenía razón: no estás con Brian porque te guste. No lo estás viendo a mis espaldas para vengarte de mí. La única razón por la que lo haces es para castigarte a ti misma. Y aceptaste mi mentira porque, si rompieras conmigo, te libraría de culpa.

No quieres librarte de la culpa. Es la forma en que te castigas por tu comportamiento reciente y, sin ella, no podrías tratar a la gente de la manera en que lo estás haciendo.

Sé esto por ti y por mí, Charlie. Somos iguales. No importa lo mucho que te esfuerces por actuar con rudeza, en el fondo posees un corazón que sangra en presencia de la injusticia. Sé que cada vez que lastimas a alguien, algo en tu interior empequeñece. Pero lo haces porque crees que tienes que hacerlo. Porque tu padre te está manipulando para que pienses que si eres lo suficientemente vengativa, la gente no te tocará.

Una vez me comentaste que demasiado bienestar en la vida de una persona afecta su crecimiento. Dijiste que el dolor es necesario, porque para que una persona alcance el éxito, primero debe aprender a conquistar la adversidad. Eso es lo que haces... creas adversidad en donde te parece adecuado. Tal vez para obtener respeto. Para intimidar. Cualesquiera que sean tus razones, no puedo continuar. No puedo observarte derribar a la gente para edificarte a ti misma.

Prefiero amar lo más profundo de ti, que despreciar lo que muestras a la luz.

No tiene que ser así, Charlie. Puedes amarme, a pesar de lo que diga tu padre. Tienes permiso de ser feliz. Lo que no se vale es que la negatividad te ahogue hasta que ya no respiremos el mismo aire.

Quiero que dejes a Brian. Pero también quiero que me dejes a mí; que pares de buscar una manera de liberar a tu padre. Quiero que ya no le permitas que te confunda. Quiero que dejes de resentirte conmigo cada vez que defiendo a mi propio padre.

Actúas de cierta manera frente a todos los demás pero, por la noche, cuando hablamos por teléfono, escucho a la Charlie real. Va a ser una absoluta tortura no marcar tu número y escuchar tu voz antes de dormir cada noche, pero ya no puedo seguir con esto. No puedo amar solamente esa parte de ti: la real. Quiero amarte cuando hablo contigo por la noche y también cuando te veo durante el día, pero muestras dos versiones diferentes de ti misma.

Y sólo me gusta una de esas versiones.

Por más que me esfuerzo, no puedo imaginar lo dolida que debes sentirte por la situación de tu padre. Pero no puedes dejar que eso cambie lo que eres. Por favor, que no te preocupe lo que los demás piensen. Deja de permitir que las acciones de tu padre te definan. Descubre qué le hiciste a la Charlie de la que me enamoré. Y cuando la encuentres, yo estaré aquí. Te prometí que nunca dejaría de amarte. Nunca olvidaré lo que tenemos.

Pero, últimamente parece que tú lo has olvidado.

He incluido algunas fotografías que quiero que revises. Espero que te ayuden a recordar lo que podríamos tener de nuevo, algún día. Un amor que no fue impuesto por nuestros padres ni definido por el estatus de nuestras familias. Un amor que no podríamos detener aunque lo intentáramos. Un amor que nos ha hecho experimentar algunos de los momentos más difíciles de nuestras vidas.

Nunca olvides, Charlie.
Nunca te detengas.

Silas

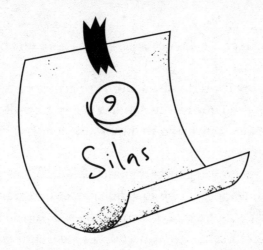

9
Silas

—Silas, el entrenador quiere que estés uniformado y en el campo en cinco minutos.

Me enderezo al escuchar la voz. No me sorprende en absoluto no reconocer al sujeto parado en la puerta del vestidor, pero asiento con la cabeza. Echo todas las fotografías y la carta de la caja en la mochila y meto esta en mi casillero.

«Iba a terminar con ella».

Me pregunto si lo hice. No obstante, aún tengo la carta. La escribí un día antes de que perdiéramos la memoria. Nuestra relación iba en picada rápidamente. Tal vez le di la caja, ella leyó la carta y luego me la regresó.

Posibilidades y teorías interminables inundan mi mente mientras trato de ponerme el equipo de futbol americano. Termino buscando, con ayuda de mi teléfono y de Google, cómo hacerlo. Transcurren cerca de diez minutos hasta que termino de equiparme y salgo al campo. Landon es el primero que me ve. Rompe la formación y trota en mi dirección. Coloca sus manos sobre mis hombros y se inclina.

—Estoy cansado de encubrirte. Saca de tu mente cualquier mierda que te esté dando vueltas. Necesitas concentrarte, Silas. Este juego es importante, papá se enfadará si lo arruinas.

Me suelta y regresa trotando al campo. Los jugadores están alineados, haciendo lo que parece una gran cantidad de nada. Algunos se pasan balones de un lado a otro. Otros están sentados, estirándose. Me siento en el pasto, junto a Landon, y empiezo a imitar sus movimientos.

Mi hermano me agrada. Sólo recuerdo dos de las conversaciones que hemos tenido en nuestra vida, las más recientes, y en ambas, Landon sólo me ha regañado. Sé que soy el mayor, pero él actúa como si yo lo tratara con respeto. Debemos ser cercanos. Por la manera en que me mira, noto que mi comportamiento le parece sospechoso. Me conoce lo suficiente para saber que algo está pasando.

Estiro mi pierna al frente y me inclino hacia delante.

—No puedo encontrar a Charlie —murmuro—. Estoy preocupado por ella.

Landon ríe en voz baja.

—Debí suponer que esto tenía que ver con ella. —Cambia de pierna para encararme—. ¿Y a qué te refieres con que no puedes encontrarla? Su teléfono estaba en tu camioneta. Ella no puede llamarte. Probablemente está en su casa.

Niego con la cabeza.

—Nadie ha tenido noticias de ella desde anoche. Nunca llegó a casa. Janette la reportó desaparecida hace como una hora.

Sus ojos se fijan en los míos, veo que muestran preocupación.

—¿Y qué hay de su mamá?

Sacudo la cabeza.

—Sabes cómo es. No ayuda en nada.

Landon asiente.

—Es cierto —corrobora—. Es una vergüenza cómo ha cambiado con todo esto.

Sus palabras me hacen meditar. Si ella no fue siempre así, ¿qué la hizo transformarse? Tal vez la sentencia la destruyó. Siento un ligero atisbo de compasión por la mujer, a pesar de lo que sucedió por la mañana.

—¿Qué dijo la policía? Dudo que la consideren una persona desaparecida si lo único que ha hecho es faltar a la escuela. Deben necesitar mayor evidencia.

La palabra «evidencia» se me queda pegada en la mente.

No he querido considerar esa posibilidad, porque me he concentrado en encontrarla, pero en el fondo he reflexionado con cierta preocupación cómo me verán los demás ante esta situación. Si realmente está desaparecida y no la encontramos pronto, presiento que la única persona a la que la policía va a querer interrogar es al último que la vio. Tomando en cuenta que tengo su cartera, su teléfono y cada carta y diario que ella ha escrito… eso no augura nada bueno para Silas Nash.

Si me interrogan... ¿qué voy a decir? No recuerdo nuestra última conversación. No recuerdo qué llevaba puesto. Ni siquiera tengo una excusa válida para explicar por qué tengo todas sus pertenencias. Cualquier respuesta que yo dé pasará como falsa ante un detector de mentiras.

¿Y si en verdad le ocurrió algo y soy el responsable? ¿Y si he sufrido alguna especie de trauma y por eso no recuerdo nada? ¿Y si la lastimé y esta es la manera en que me estoy convenciendo de lo contrario?

—¿Silas? ¿Te sientes bien?

Miro a Landon. «Tengo que ocultar la evidencia».

Me levanto impulsando mi cuerpo con las palmas, con tremenda rapidez. Corro en dirección de los vestidores.

—¡Silas! —grita con desesperación mi hermano.

Sigo corriendo. Corro hasta llegar al edificio y empujo la puerta con tal fuerza, que golpea la pared detrás de ella. Corro directo a mi casillero y abro la puerta con violencia.

Meto la mano al interior pero no hay nada.

«No».

Toco las paredes y el piso del casillero; paso mis manos por cada centímetro vacío del interior.

«Ha desaparecido».

Paso los dedos por mi cabello con desesperación, me doy la vuelta, busco por todo el vestidor, quizás dejé la mochila en el piso. Abro de golpe el primer casillero y saco su contenido. Abro el siguiente casillero y lo mismo. Abro el siguiente. Nada.

La mochila no está por ningún lado.

O estoy enloqueciendo o alguien acaba de estar aquí.

«Mierda, mierda, mierda, mierda».

Cuando el interior de toda la fila de casilleros está en el suelo, paso a la otra pared, donde hay más, y hago lo mismo con ellos. Husmeo dentro de las mochilas. Vacío bolsas de gimnasio, mirando cómo la ropa deportiva cae al piso. No encuentro lo que busco, pero sí todo tipo de objetos, desde teléfonos celulares hasta efectivo y condones.

Pero, no están las cartas. Ni los diarios. Ni las fotografías.

—¡Nash!

Doy la vuelta para contemplar a un hombre que ocupa todo el espacio de la puerta; me mira como si no tuviera idea de quién soy o qué me sucede. «Ya somos dos».

—¿Qué demonios estás haciendo?

Veo al desastre que he causado. Parece como si un tornado acabara de azotar el vestidor.

«¿Cómo voy a salir de esta?».

He destruido todos los casilleros. ¿Qué explicación puedo dar? «¿Estoy buscando evidencia robada para que la policía no me arreste por la desaparición de mi novia?».

—Alguien… —Aprieto mi nuca. Este debe ser un viejo truco: exprimir la tensión de mi cuello—. Alguien robó mi cartera —murmuro.

El entrenador pasa la vista por el vestidor; la furia no abandona ni un instante su cara. Me señala.

—¡Limpia esto, Nash! ¡Ahora mismo! ¡Y luego te quiero ver en mi oficina! —Se aleja y me deja solo.

No voy a desperdiciar tiempo. Para mi suerte, había dejado mi ropa en una banca y no dentro del casillero, con todo lo que me han robado. Mis llaves siguen en el bolsillo de mis pantalones. En cuanto me deshago del equipo de futbol y me pongo la ropa, salgo por la puerta, pero no me dirijo a la oficina del entrenador. Voy directo al estacionamiento.

Hacia mi camioneta.

Tengo que encontrar a Charlie.

Esta noche.

De otra manera, puedo acabar completamente indefenso en una celda.

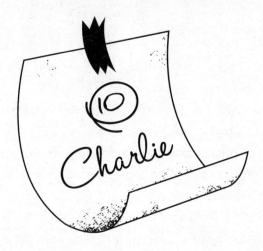

10

Charlie

Escucho el sonido de la cerradura abriéndose y me incorporo. Las píldoras que me ha dado la enfermera me hacen sentir somnolienta. No sé cuánto tiempo estuve dormida, pero no pudo ser suficiente como para que ya sea hora de comer otra vez. Sin embargo, entra con una charola. Ni siquiera tengo hambre. ¿Me terminé el espagueti de hace rato? No recuerdo haberlo comido. Debo estar mucho más loca de lo que pensé. Pero sí tengo un recuerdo. Me debato si debo contárselo a ella, pero decido que no. Es privado. Algo que quiero mantener para mí misma.

—¡Hora de la comida! —anuncia la enfermera, colocando la charola en la mesa. Levanta la tapa para revelar un plato de arroz y salchichas. Lo miro con cautela. Me pregunto si tendré que tomar más píldoras. Como si ella me leyera la mente, me entrega un vasito desechable.

—Todavía estás aquí —digo. Trato de pararme. Estas píldoras me hacen sentir del carajo.

Ella sonríe.

—Sí. Tómate tus pastillas para que puedas comer, antes de que se enfríe.

Las pongo en mi boca mientras ella mira y bebo un sorbo de agua.

—Si te portas bien hoy, mañana podrás ir a la sala de recreo un rato. Sé que debes tener muchas ganas de salir de esta habitación.

¿Portarse bien? ¿Qué significa eso? No es como si hasta ahora haya tenido oportunidad de hacer travesuras.

Como con un tenedor de plástico. Ella me observa. Debo de ser una auténtica delincuente, si es necesario que me supervisen durante la comida.

—Preferiría usar el baño en lugar de ir a la sala de recreo —comento.

—Come primero. Regresaré más tarde para llevarte al área de aseo para que te des un baño.

Me siento más una prisionera que una paciente.

—¿Por qué estoy aquí? —Me atrevo a cuestionar.

—¿No te acuerdas?

—¿Estaría preguntando si recordara? —contesto de mala gana. Me limpio la boca mientras ella entrecierra los ojos.

—Termina tu comida —responde con frialdad.

Me enojo por la situación… por la manera en que ella dicta cada segundo de mi vida como si fuera suya.

En un arrebato de furia, arrojo el plato al otro lado del cuarto. Se aplasta contra la pared, junto al televisor. Vuelan arroz y salchichas por todos lados.

Eso se sintió bien. Se sintió *más* que bien. Como algo que yo haría.

Me río entonces. Echo la cabeza hacia atrás y me río. Es una risa profunda, malvada. «¡Dios mío!». Por eso estoy aquí. «Sí que estoy loca».

Puedo ver que los músculos de la quijada de mi celadora se aprietan. La he hecho enojar. «Bien». Me levanto y corro para tomar un pedazo del plato roto. No sé qué se ha apoderado de mí, pero no me molesta. Defenderme se siente bien.

Ella trata de agarrarme, pero me zafo de su apretón. Recojo un fragmento afilado de porcelana. ¿Qué tipo de hospital psiquiátrico tiene platos de porcelana? Es como dar entrada al desastre. Sostengo mi nueva arma en dirección a ella y doy un paso al frente.

—Dime qué está pasando.

No se mueve. En realidad, parece muy tranquila.

La puerta debió abrirse detrás de mí, porque lo siguiente que siento es un agudo piquete en el cuello y caigo al suelo.

Silas

Me detengo al lado del camino. Aprieto el volante, trato de tranquilizarme.

Todo ha desaparecido. No tengo idea de quién lo tomó. Probablemente esa persona está leyendo nuestras cartas ahora mismo. Se va a enterar de todo lo que escribimos para nosotros mismos y, dependiendo de quién sea, tal vez concluirá que soy un loco certificado.

Tomo una hoja de papel en blanco que encontré en el asiento trasero y empiezo a escribir. Anoto todo lo que puedo recordar. Estoy sumamente molesto, no logro recordar ni una mínima fracción de lo que estaba en las notas de la mochila. Nuestras direcciones, los códigos de los casilleros, nuestros cumpleaños, los nombres de nuestros amigos y familiares… no consigo acordarme de eso. Anoto lo que puedo. Esto no me va a impedir encontrarla.

No sé adónde ir. Podría regresar al local de tarot; ver si Charlie volvió allí. Podría rastrear la propiedad a la que pertenece la puerta de la foto de su recámara. Tiene que haber una conexión con el local de tarot en donde se exhibe la misma fotografía.

O conducir a la prisión y visitar al padre de Charlie, averiguar lo que sabe.

«Aunque la prisión tal vez sea el último lugar en donde debería poner un pie justo ahora».

Observo mi teléfono y empiezo a recorrer la pantalla. Paso las fotografías de la noche anterior. Una noche de la que no recuerdo un solo segundo. Hay imágenes mías y de Charlie, fotografías de nuestros tatuajes, de una iglesia y de un músico callejero.

La última es de ella, parada junto a un taxi. Al parecer, yo estaba del otro lado de la calle, le tomé la fotografía mientras se disponía a subir.

Debió ser la última vez que la vi. En la carta aclaraba que tomó un taxi en Bourbon Street.

Hago un acercamiento a la fotografía, mientras la emoción se me atora en la garganta. Se aprecia una placa al frente del taxi y un número de teléfono a un costado.

«¿Por qué no se me ocurrió esto antes?».

Anoto el número telefónico y el de la placa. Marco.

Siento que finalmente progreso un poco.

En un principio, la compañía de taxis se negó a darme información. Al final, convencí al operador de que yo era un detective que necesitaba interrogar al conductor sobre una persona desaparecida. Es una mentira a medias. La persona con quien hablé me explicó que tenía que preguntar y me devolvería la llamada. Pasaron unos treinta minutos antes de que mi teléfono sonara.

Esta vez hablé con el conductor del taxi. Dijo que una chica que coincidía con la descripción de Charlie le había hecho la parada anoche pero que, antes siquiera de que arrancara el coche, ella le comentó que no se preocupara, cerró la puerta y se alejó caminando.

«¿Se fue caminando?».

¿Por qué haría eso? ¿Por qué no me alcanzó? Sabía que yo estaría en la siguiente esquina, allí nos separamos.

Querría hacer algo sin que yo me enterara. No recuerdo nada de Charlie pero, por lo que he leído, todo lo que hace tiene un objetivo. ¿Cuál podía ser su propósito en Bourbon Street a esa hora de la noche?

Los únicos lugares que se me ocurren son el local de tarot y el restaurante. Pero las notas aseguraban que Charlie no se apareció de nuevo por el restaurante, de acuerdo con la información de alguien llamada Amy. ¿Iba a buscar a Brian? Siento un ataque de celos, pero confío en que no lo hizo.

Tiene que ser el local de tarot.

Con ayuda del teléfono, busco en Google, aunque no consigo recordar el nombre exacto del lugar. Marco dos establecimientos del estilo en el barrio francés y configuro el GPS para que me lleve allí.

En cuanto entro, tengo la seguridad de que este es el lugar que describimos en las notas. El que visitamos anoche.

Anoche. «Dios mío. ¿Por qué no recuerdo algo que sucedió hace menos de veinticuatro horas?».

Recorro cada pasillo, reviso todo alrededor, sin estar seguro de lo que busco. Cuando llego al último corredor, reconozco la foto que cuelga de la pared. La fotografía de la puerta.

Está aquí como decoración. No se encuentra a la venta. Me paro de puntitas hasta que mis dedos alcanzan el marco, lo bajo para inspeccionar la imagen más de cerca. La puerta es alta y resguarda una casa que apenas puede distinguirse al fondo. En la esquina de una de las enormes columnas unidas a la puerta está inscrito el nombre de la casa: *Jamais, jamais*.

—¿Te puedo ayudar en algo?

Levanto la vista para toparme con un hombre mucho más alto que yo, es impresionante. Yo mido 1.85 metros, de acuerdo con mi licencia de manejo. Él tiene que rondar los dos metros.

Señalo la fotografía que tengo en las manos.

—¿Sabe de qué es esta imagen?

El hombre me arrebata el cuadro de las manos.

—¿De verdad? —Parece agitado—. No sabía lo que era anoche cuando tu novia me preguntó, sigo sin saberlo ahora. Es una maldita fotografía. —Vuelve a colgarla en la pared—. No toques nada a menos que esté a la venta y planees comprarlo.

Empieza a alejarse, así que lo sigo.

—Espere —solicito, dando dos pasos por cada zancada suya—. ¿Mi novia?

No para de caminar hasta llegar a la caja registradora.

—Novia. Hermana. Prima. Lo que sea.

—Novia —aclaro, aunque no sé por qué lo hago; a él obviamente no le importa—. ¿Regresó aquí anoche? ¿Después de que nos fuimos?

—Cerramos en cuanto ustedes dos se fueron. —Clava su mirada en la mía y arquea las cejas—. ¿Vas a comprar algo o vas a seguir preguntando estupideces?

Trago saliva. Me hace sentir inferior. Inmaduro. Es el epítome del hombre, y el hueso que tiene como perforación en la ceja me asusta como si yo fuera un niño.

«Resiste, Silas. No eres un cobarde».

—Sólo tengo una más.

Procede a cobrar a un cliente. No responde, así que continúo.

—¿Qué significa *Jamais, jamais*?

Él ni siquiera me dedica una mirada.

—Significa nunca, nunca —dice alguien detrás de mí.

Me doy la vuelta al instante, pero siento los pies pesados, como si me hundiera en los zapatos. «¿Nunca, nunca?».

No puede ser una coincidencia. Charlie y yo repetimos esa frase una y otra vez en nuestras cartas.

Miro a la mujer dueña de la voz, ella me observa con la barbilla levantada y la cara seria. Tiene el pelo peinado hacia atrás. Es oscuro, con esporádicos mechones grises. Lleva puesta una tela larga y suelta que cae alrededor de sus pies. No estoy seguro de que sea un vestido, parece como si hubiera confeccionado su propio diseño con una sábana y una máquina de coser.

Debe ser la lectora del tarot. Representa bien su papel.

—¿Dónde se encuentra esa casa? La del cuadro en la pared. —Señalo la fotografía.

Ella se da la vuelta y la contempla por varios segundos. Sin darme la cara, encorva su dedo en señal de que la siga, se dirige hacia el fondo del local.

La obedezco con renuencia. Antes de que crucemos una cortina de cuentas que sirve de puerta, mi teléfono empieza a vibrar en el bolsillo de mis pantalones. Golpea repetidamente contra mis llaves. La mujer me mira por encima de su hombro.

—Apágalo —ordena.

Miro la pantalla y veo que es mi padre de nuevo. Silencio el teléfono.

—No estoy aquí para una lectura —aclaro—. Sólo busco a alguien.

—¿A la chica? —pregunta ella, sentándose ante una pequeña mesa en el centro del lugar. Me indica con la mano que me siente, pero rechazo el ofrecimiento.

—Sí. Estuvimos aquí anoche.

Ella asiente y empieza a barajar un mazo de cartas.

—Lo recuerdo —dice. Una sonrisita se asoma en la comisura de sus labios. La veo mientras separa las cartas en pilas. Levanta la cabeza, su rostro carece de expresión—. Pero eso sólo es cierto para uno de nosotros, ¿o no?

Esa última afirmación me produce escalofríos en los brazos. Doy dos pasos rápidos hacia delante y sujeto el respaldo de la silla vacía.

—¿Cómo sabe eso? —interrogo con brusquedad.

Ella señala la silla de nuevo. Esta vez me siento. Espero a que vuelva a hablar, a que me diga lo que sabe. Es la primera persona que da una pista clara de lo que me está pasando.

Mis manos se agitan. Siento el palpitar de mi pulso detrás de los ojos. Los froto con mis manos y luego con ellas me revuelvo el pelo, trato de ocultar el nerviosismo.

—Por favor —le ruego—. Si sabe algo, dígamelo.

Ella empieza a sacudir la cabeza con lentitud. De adelante hacia atrás. Una y otra vez.

—No es tan fácil, Silas —suelta, al fin.

Sabe mi nombre. Quiero gritar, pero aún no he conseguido ni una sola respuesta.

—Anoche, tu carta estaba en blanco. Nunca había visto eso antes. —Ordena las cartas para que queden planas y en fila en las diferentes pilas—. Había escuchado de eso. *Todos* sabemos que llega a suceder. Pero no conozco a nadie que en realidad la haya *visto*.

«¿Carta en blanco?». Siento como si recordara algo de lo que leí en las notas, pero no sirve de nada porque ya no las tengo. ¿Y a quién se refiere cuando dice que «todos *han* escuchado de ella»?

—¿Qué significa eso? ¿En qué me puede ayudar? ¿Cómo encuentro a Charlie? —mis preguntas salen desordenadas de mi boca, se tropiezan entre sí.

—Esa fotografía —interrumpe ella—. ¿Por qué tienes tanta curiosidad por esa casa?

Abro la boca para empezar a contarle sobre la foto en la recámara de Charlie, pero la cierro de inmediato. No sé si puedo confiar en ella. No la conozco. Es la primera que en apariencia sabe algo sobre lo que me sucede. Eso podría ser una respuesta o, también, indicar culpa. Si Charlie y yo estamos bajo algún tipo de hechizo, ella podría ser una de las pocas personas capaces de efectuar algo de semejante magnitud.

Es ridículo. ¿Un hechizo? ¿Por qué me permito siquiera esa hipótesis?

—Sólo sentía curiosidad por el nombre —miento—. ¿Qué más puede decirme?

Continúa reordenando las pilas de cartas, sin voltearlas nunca.

—Lo que te puedo decir... lo *único* que te puedo decir... es que necesitas recordar qué es lo que alguien quiere con tanta desesperación que olvides. —Sus ojos se encuentran con los míos; levanta de nuevo la barbilla—. Ahora, vete. Ya no te puedo ayudar más.

Se aparta de la mesa y se pone de pie. Debido al rápido movimiento, su vestido se alza un poco; los zapatos que trae puestos me hacen cuestionar su autenticidad. Suponía que una gitana andaría descalza. ¿O es una bruja? ¿Una hechicera? Lo que sea, quiero creer desesperadamente que puede ayudarme. Me doy cuenta de que no soy el tipo de persona que cree en esta mierda. Pero mi impaciencia es mayor que mi escepticismo. Si es necesario creer en dragones para encontrar a Charlie, entonces seré el primero en empuñar la espada contra su fuego.

—Tiene que haber *algo* —le pido—. No encuentro a Charlie. No logro recordar nada. Ni siquiera sé por dónde empezar. Tiene que darme más información. —Me pongo de pie. La consternación se transparenta en mi voz y, más todavía, en mis ojos.

Ella simplemente inclina la cabeza y sonríe.

—Silas, las respuestas a tus preguntas las tiene alguien muy cerca de ti. —Señala la puerta—. Ahora te puedes ir. Aún tienes mucho por hacer.

«¿Muy cerca de mí?».

¿Mi padre? ¿Landon? ¿Quién está muy cerca de mí, además de Charlie? Miro las cortinas de cuentas y, luego, otra vez a aquella mujer. Se aleja rumbo a una puerta al fondo del edificio. La observo mientras se va.

Paso la mano por mi cara. Quiero gritar.

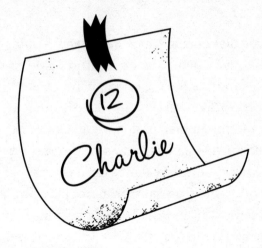

Charlie

Cuando despierto, todo está limpio. No hay arroz, sal-chichas ni pedazos de porcelana. Tampoco está aquella estúpida a la que quería atacar.

«¡Guau! ¿De dónde provino eso?». Soy una chiflada.

Ella tiene todo cronometrado al detalle.

Dormir a Sammy, traerle la maldita comida, dormir a Sammy, traerle la maldita comida.

Pero esta vez, cuando regresa, no trae la maldita comi-da, sino una toalla y una pequeña barra de jabón.

«¡Por fin! Un baño».

—Hora del baño —señala.

Ya no es tan amigable. Su boca es una línea apretada que cruza su cara.

Me levanto, supongo que voy a tambalearme un poco. La aguja en el cuello fue más fuerte que las otras drogas que me habían dado, pero no me siento tan atontada. Mi mente está despierta; mi cuerpo, listo para reaccionar.

—¿Por qué eres la única que viene? —pregunto—. Si eres enfermera, debes de tener turnos. ¿Me escuchaste...? —Ella se gira y camina hacia la puerta.

—Compórtate —exclama—. La próxima vez, las cosas no van a terminar bien para ti.

Me callo. Me están dejando salir de esta caja y realmente quiero ver lo que hay detrás de la puerta.

La abre y me deja salir primero. Hay otra puerta enfrente. Estoy confundida. Toma la delantera y da vuelta a la derecha. Hay un pasillo. Otra vez a la derecha, ahí está el baño. No he usado el baño en horas, en cuanto lo veo me empieza a doler la vejiga. Me entrega la toalla.

—La regadera sólo tiene agua fría. No te tardes mucho.

Cierro la puerta. Es como un búnker. No hay ventanas y los muros son puro concreto. El excusado no tiene tapa ni asiento, sólo es un agujero sin borde con un lavabo al lado. De todos modos lo uso.

Encima del lavabo hay una nueva bata de hospital y ropa interior. Estudio todo mientras orino. Busco algo, lo que sea. Hay un tubo oxidado cerca del piso, sobresale de la pared. Jalo la palanca del excusado y me acerco a él. Pego mi mano al interior y recorro el tubo. «Qué asco». Un pedazo se ha corroído.

Abro el agua de la regadera, por si está escuchando. Es un pedacito de metal, pero logro desprenderlo de la pared con un poco de esfuerzo. Es algo, cuando menos.

Lo llevo a la regadera conmigo, con una mano me lavo y, con la otra, lo sostengo. El agua está muy fría; no puedo evitar que mis dientes castañeen. Trato de apretar la quijada, pero todavía traquetean dentro de mi cabeza, a pesar de lo mucho que intento mantenerlos quietos.

¿Qué tan patética soy? No puedo controlar ni mis propios dientes. Ni mis propios recuerdos. Ni cuándo como, duermo, me baño u orino.

Lo único que puedo controlar es mi escape de este lugar, cualquiera que sea. Aprieto el tubo en mis manos con todas mis fuerzas. Sé que puede ser la única cosa que me devuelva algún tipo de control.

Cuando salgo del baño, el tubo queda envuelto en papel de baño, metido en mi ropa interior: un simple par de pantaletas blancas que ella me dejó. No tengo un plan; sólo esperaré el momento adecuado.

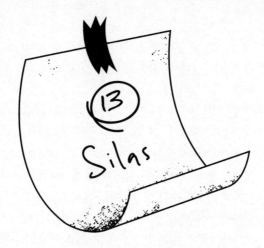

13

Silas

Ha oscurecido. He conducido durante más de dos horas sin saber adónde ir. No puedo regresar a casa. No puedo ir a la de Charlie. No conozco a nadie más, así que lo único que hago es manejar.

Tengo ocho llamadas perdidas. Dos son de Landon. Una, de Janette. Las demás, de mi padre.

También ocho correos de voz, de los cuales no he escuchado ninguno. No quiero preocuparme por ellos en este momento. Ninguno ha de arrojar pistas sobre lo que realmente está sucediendo y nadie me creería si les cuento mi historia. No los culparía. Repaso y repaso en mi cabeza todo lo que ha sucedido este día y me sigue pareciendo demasiado ridículo como para creerlo (y yo soy quien lo está *padeciendo*).

Todo es demasiado ridículo pero, también, real.

Me detengo en una gasolinera para llenar el tanque. No recuerdo si ya comí algo, me siento mareado, así que compro una bolsa de papas fritas y una botella de agua en la tienda.

Todo el tiempo que paso ahí me pregunto por Charlie.

De vuelta en la carretera, todavía me sigo preguntando por Charlie.

Me pregunto si Charlie habrá comido algo.

Me pregunto si está sola. Si la están cuidando.

Me pregunto cómo se supone que la encuentre cuando podría estar en cualquier parte del mundo en este momento. Todo lo que hago es manejar en círculos, reduzco la velocidad cada que paso junto a una chica que camina por la acera. No sé dónde buscar. No sé adónde ir. No sé cómo convertirme en el chico que la salvará.

Me pregunto qué hace la gente cuando no tiene un lugar adónde ir.

Me pregunto si así sucede cuando uno está loco. Demente comprobado. Siento como si tuviera nulo control sobre mi propia mente.

Y si no soy yo quien tiene el control, ¿quién?

Mi teléfono suena de nuevo. Es Landon. No sé por qué, pero en esta ocasión sí voy a contestarle. Tal vez ya me cansé de estar dentro de mi propio cerebro y no conseguir una sola respuesta. Me estaciono a un lado del camino para hablar con él.

—¿Bueno?

—Por favor, dime qué demonios está pasando.

—¿Alguien puede oírte?

—No —asegura—. El juego acaba de finalizar. Papá está llamando a la policía. Todos están preocupados por ti, Silas.

No respondo. Me siento mal de que se preocupen por mí, pero aún peor de que nadie parezca afligido por Charlie.

—¿Todavía no encuentran a Charlie?

Puedo escuchar los gritos de la gente. Realmente me llamó al terminar el juego.

—Están buscando —afirma.

Pero hay algo más en su voz. Algo que no dice.

—¿Qué pasa, Landon?

Suspira.

—Silas… también te están buscando a ti. Creen que… —Su voz está cargada de consternación—. Creen que tú sabes en dónde está Charlie.

Cierro los ojos. Sabía que esto sucedería. Me limpio el sudor de mis palmas en los *jeans*.

—No sé dónde está.

Pasan varios segundos antes de que Landon hable de nuevo.

—Janette fue a la policía. Dijo que estabas actuando extraño, así que cuando encontró las cosas de Charlie en una mochila dentro de tu casillero del vestidor, las entregó a la policía. Tenías su cartera, Silas. Y su teléfono.

—Encontrar las pertenencias de Charlie en mi posesión difícilmente prueba que yo sea responsable de su desaparición. Es prueba de que soy su novio.

—Ven a casa —implora—. Muéstrales que no tienes nada que ocultar. Responde sus preguntas. Si cooperas, no tendrán razón para acusarte.

Como si fuera tan fácil responder preguntas.

—¿Crees que tengo algo que ver con su desaparición?

—¿Es *así*? —pregunta de inmediato.

—No.

—Entonces no —reafirma él—. No creo que tengas nada que ver. ¿Dónde estás?

—No sé.

Escucho un ruido amortiguado, como si Landon cubriera el teléfono con su mano. Puedo captar voces detrás.

—¿Te comunicaste con él? —pregunta un hombre.

—Todavía estoy tratando, papá —comenta Landon.

Más murmullos.

—¿Estás allí, Silas? —De nuevo, mi hermano se dirige a mí.

—Sí. Tengo una pregunta —digo—. ¿Has oído de algún lugar llamado *Jamais, jamais*?

Silencio. Espero su respuesta, que no llega.

—¿Landon? ¿Has oído de él?

Otro suspiro pesado.

—Es la antigua casa de Charlie, Silas. ¿Cuál es tu maldito problema? Te estás drogando, ¿verdad? ¿Qué demonios tomaste? ¿Es eso lo que le pasó a Charlie? ¿Por lo que…?

Cuelgo el teléfono mientras sigue con su letanía de preguntas. Busco la dirección de Brett Wynwood en internet. Me toma un tiempo, pero aparecen dos opciones en los resultados. Recuerdo una, porque estuve allí horas antes. Es donde Charlie vive ahora.

No reconozco la otra.

Es la dirección de *Jamais, jamais.*

La casa abarca 2.5 hectáreas, con vista al lago Borgne. Fue construida en 1860, un año antes del inicio de la Guerra Civil. La casa se llamó originalmente *«La terre rencontre l'eau»* que significa: «La tierra se encuentra con el agua».

Se usó como hospital durante la guerra, para albergar a soldados confederados heridos. Años después, en 1880, un banquero, Frank Wynwood, compró la propiedad. La casa permaneció en la familia y se heredó por tres generaciones. En 1988, aterrizó finalmente en las manos de Brett Wynwood, quien entonces tenía treinta y tres años.

Brett Wynwood y su familia ocuparon la casa hasta 2005, cuando el huracán Katrina causó daños considerables a la propiedad. La familia se vio forzada a abandonar la casa, la cual permaneció intacta durante varios años, antes de que empezaran las renovaciones. Todo el interior fue desechado y reconstruido, sólo se salvaron porciones de las paredes exteriores y del techo.

En 2011, la familia Wynwood regresó a su hogar. Durante la develación, Brett Wynwood anunció que se había dado a la casa un nuevo nombre: *Jamais, jamais.*

Cuando le preguntaron por qué eligió la traducción al francés de «nunca, nunca», respondió que su hija, Charlize Wynwood, de catorce años, fue quien realmente eligió el nombre. «Ella dice que es un homenaje a la historia familiar: Nunca olvidar a quienes pavimentaron el camino antes de ti. Nunca dejar de esforzarse para que el mundo sea mejor para quienes lo habitarán después».

La familia Wynwood habitó la casa hasta 2013, cuando fue embargada después de una investigación al Wynwood-Nash Financial Group. La casa fue vendida en una subasta, a finales de 2013, a un postor anónimo.

Agrego la página a los favoritos de mi teléfono y tomo nota del artículo. Lo encontré después de detenerme ante la propiedad (junto a la puerta cerrada con llave).

La altura de la puerta es impresionante, como para hacer sentir a los visitantes que quienes se encuentran detrás son más poderosos que los que están de este lado.

Me pregunto si así se sentía el padre de Charlie cuando vivía aquí. Cómo se habrá sentido cuando alguien más adquirió la propiedad que fue de su familia por generaciones.

Está localizada al final de un camino aislado, como si este fuera una extensión de la puerta. Después de buscar alguna manera de rodear o atravesar, concluyo que no hay ninguna. Está oscuro, así que es posible que haya pasado por alto un camino o una entrada alterna. Ni siquiera sé por qué quiero entrar, pero presiento que las fotografías de esta propiedad son una pista.

Ya que me buscan para interrogarme, tal vez lo mejor sea que esta noche no maneje más. Decido permanecer aquí hasta que amanezca. Apago el carro. Si voy a hacer algo más productivo mañana, necesito dormir unas cuantas horas.

Echo el asiento hacia atrás, cierro los ojos y me pregunto si soñaré. Ni siquiera sé sobre qué podría soñar. No puedo hacerlo si no me duermo y, por alguna razón, tengo la sensación de que va a ser imposible pegar el ojo esta noche.

La idea es como un chispazo.

«El video».

En una de mis cartas, menciono que caía rendido con un video de Charlie durmiendo. Busco en mi teléfono hasta que lo encuentro. Oprimo el botón para reproducir y espero hasta escuchar la voz de Charlie por primera vez.

14

Charlie

Más sueño.

Esta vez no fueron las píldoras. Fingí tragarlas y las mantuve en la boca. Ella se quedó tanto tiempo, que empezaron a disolverse. Pero en cuanto azotó la puerta, las escupí en mi mano.

No más somnolencia. Necesito tener la mente clara.

Duermo por cuenta propia y tengo más sueños. Con el mismo chico. ¿Serán una especie de recuerdo? En mi sueño, él me lleva por una calle sucia. No me mira, porque mantiene la vista al frente y empuja con todo su cuerpo hacia delante, como si alguna fuerza invisible lo tuviera enganchado. En su mano izquierda lleva una cámara. Se detiene de pronto y mira al otro lado de la calle. Sigo su mirada.

—Allí —dice—. Mira.

Pero no quiero mirar. Doy la espalda a lo que él está viendo, en cambio observo una pared. De pronto, su mano ya no está en la mía. Me giro y lo veo al otro lado de la calle, acercándose a una mujer sentada contra una pared, con las piernas cruzadas. En sus brazos, ella acuna a un pequeño bebé envuelto con una cobija de lana. El tipo se agacha frente a ella. Hablan por largo tiempo. Él le entrega algo y ella sonríe. Cuando él se pone de pie, el bebé comienza a llorar. Es cuando él toma la fotografía.

Todavía podía ver la cara de la mujer cuando desperté, pero no era una imagen real, sino una foto. La que él sacó. Una madre andrajosa, con el pelo esponjado, mirando a su hijo que tiene la boquita abierta en un grito, mientras la pintura descascarada de una puerta azul brillante hace las veces de telón de fondo.

Cuando el sueño terminó, no estaba triste como la última vez. Quería conocer al chico capaz de documentar el sufrimiento con esos colores tan vívidos.

Me quedo despierta la mayor parte de lo que supongo es la noche. Ella regresa con el desayuno.

—Tú de nuevo —digo—. ¿Nunca tienes un día o, cuando menos, una hora libre?

—No —sentencia—. Andamos cortos de personal, así que trabajo doble turno. Come.

—No tengo hambre.

Me ofrece el vaso de píldoras. No lo agarro.

—Quiero ver a un doctor —solicito.

—El doctor está muy ocupado hoy. Puedo hacerte una cita. Quizás te dé consulta en algún momento de la próxima semana.

—No. Quiero ver a un doctor hoy mismo. Necesito saber qué medicamentos me estás dando y por qué estoy aquí.

Es la primera vez que veo un gesto diferente al amigable aburrimiento en su cara. Se inclina hacia delante, su respiración huele a café.

—No seas pendenciera —sisea—. No puedes ponerte exigente aquí, ¿comprendes? —Empuja las píldoras hacia mí.

—No las voy a tomar hasta que un médico me diga por qué debo hacerlo —concluyo, muevo la cabeza en dirección del vaso—. ¿Tú *me* comprendes?

Creo que va a golpearme. Mi mano roza el pedazo de tubo que guardo debajo de la almohada. Los músculos de mis hombros y mi espalda se sienten tensos, las plantas de mis pies ejercen presión sobre el mosaico. Estoy lista para saltar si es necesario. Pero la enfermera se da la vuelta, inserta su llave en la puerta y desaparece. Escucho el chasquido de la cerradura. Me quedo sola de nuevo.

15

Silas

—No puedo creer que te hayas salido con la tuya —le digo a ella.

Deslizo mis manos hacia su cintura y la empujo hasta que su espalda queda contra la puerta de la recámara. Ella coloca sus palmas contra mi pecho y me mira con una sonrisa inocente.

—¿Salirme con qué?

Me río y presiono mis labios contra su cuello.

—¿Es un *homenaje* a la *historia* de la familia? —Sigo riendo y subiendo mis labios por su cuello, acercándolos a su boca—. ¿Qué vas a hacer si alguna vez quieres terminar conmigo? Tendrás que vivir en una casa que recibió su nombre de una frase que creaste con tu exnovio.

Ella sacude la cabeza y me empuja para pasar junto a mí.

—Si alguna vez quiero cortar contigo, sólo haré que mi papá cambie el nombre de la casa.

—Nunca lo haría, Char, el creyó que el absurdo significado que le diste era genial.

Se encoge de hombros.

—Entonces la quemaré hasta sus cimientos.

Se sienta a la orilla del colchón y yo tomo asiento a su lado, la empujo para que quede recostada de espaldas. Me inclino sobre ella y la atrapo con mis manos, ella suelta una risita.

Siempre he notado que es hermosa, pero este año le ha sentado realmente bien. *Realmente* bien. Desvío la mirada hacia sus pechos. No puedo evitarlo. Sus senos se han vuelto tan… *perfectos* durante este año.

—¿Crees que han dejado de crecer? —le pregunto.

Se ríe y me da un pequeño golpe en el hombro.

—Eres repugnante.

Subo mis dedos hasta el cuello de su camiseta. Los paso por esa línea hasta la depresión que se forma en la playera.

—¿Cuándo me dejarás verlos?

—*Jamais, jamais* —confiesa ella con una carcajada.

Gruño.

—Vamos, nenita Charlie. Llevo catorce años amándote. Eso me hace merecedor de algo: un vistazo rápido, una mano por encima de la blusa.

—Tenemos catorce años, Silas. Intenta de nuevo cuando tengamos quince.

Sonrío.

—Sólo faltan dos meses. —Presiono mis labios contra los suyos y siento cómo su pecho se inflama a causa de su rápida inhalación. «Dios mío, qué tortura».

Su lengua se desliza dentro de mi boca mientras acomoda su mano en mi nuca, me atrae más. «Qué dulce, dulce tortura».

Bajo mi mano a su cintura, subo su playera poco a poco hasta que mis dedos entran en contacto con su piel. Deslizo la mano por la curva de su cintura, el calor de su cuerpo arde contra mi palma.

Continúo besándola y explorándola, centímetro a centímetro, hasta que una de las yemas de mis dedos toca la tela de su brasier.

Quiero seguir adelante, sentir la suavidad de esa carne suya en mi tacto. Quiero…

—¡Silas!

Charlie se hunde en el colchón. Su cuerpo se pierde entre las cobijas y yo me quedo acariciando una almohada.

¿Qué demonios? ¿Adónde se ha ido? La gente no desaparece simplemente en el aire.

—¡Silas, abre la puerta!

Aprieto los ojos.

—¿Charlie? ¿Dónde estás?

—¡Despierta!

Al fin abro los ojos: ya no estoy con Charlie en su cama.

Ya no soy un chico de catorce años que está a punto de tocar unos pechos por primera vez.

Soy… Silas. Perdido, confundido y dormido en un maldito carro.

Un puño golpea mi ventanilla. Doy a mis ojos unos segundos más para que se ajusten a la luz del sol, que se filtra al interior del automóvil, antes de levantar la vista.

Landon está parado junto a mi puerta. De inmediato me incorporo y miro con desesperación alrededor.

Sólo está Landon. Nadie más viene con él.

Cuando se hace a un lado, abro la puerta del coche.

—¿La encontraron? —Es lo primero que le digo en cuanto salgo de la camioneta.

Niega con la cabeza.

—No, todavía la están buscando.

Se aprieta la nuca, justo como lo hago yo cuando estoy nervioso o tenso.

Abro la boca para preguntarle cómo supo dónde estaba, pero la cierro al recordar que le pedí información de la casa de Charlie justo antes de colgar. Resultaba obvio buscarme aquí.

—Necesitas ayudarlos, Silas. Tienes que decir todo lo que sabes.

Me río. «Todo lo que sé». Me recargo contra el carro y cruzo los brazos sobre mi pecho. La situación es demasiado ridícula para sonreír, así que fijo la mirada en mi hermano menor.

—No sé nada, Landon. Ni siquiera te conozco *a ti*. Por lo que tengo registrado en la memoria, nunca he *conocido* siquiera a Charlize Wynwood. ¿Cómo se supone que le cuente eso a la policía?

Landon ladea la cabeza. Me observa, en silencio y con curiosidad. Sus ojos denotan que está seguro de que he enloquecido.

Tal vez tenga razón.

—Sube al carro —le pido—. Tengo mucho que contarte. Vamos a dar una vuelta.

Vuelvo a entrar al coche. Él espera varios segundos. Se dirige a su carro, estacionado en la zanja. Le pone el seguro y camina hacia la puerta del copiloto de mi camioneta.

—Déjame repasar esto con claridad —sentencia, inclinándose hacia delante en el gabinete—. Tú y Charlie han estado perdiendo sus memorias desde hace una semana. Se han escrito cartas a ustedes mismos. Esas cartas y otras cosas de Charlie estaban en la mochila que Janette encontró y entregó a la policía. La única persona que sabe de esto es una lectora de tarot al azar. Pierden la memoria a la misma hora del día, cada cuarenta y ocho horas, y juras que no tienes recuerdos de lo que sucedió la noche antes de que Charlie desapareciera.

Afirmo con un gesto.

Landon se ríe y se recarga contra el respaldo de su asiento. Sacude la cabeza y levanta su bebida, acerca el popote a su boca. Toma un sorbo largo y luego suspira con pesadumbre, mientras regresa el vaso a la mesa.

—Si así es como tratas de evitar cualquier responsabilidad por su asesinato, vas a necesitar una coartada mucho más sólida que una maldición vudú.

—No está muerta.

Mi hermano eleva una ceja inquisitiva. No lo culpo. Si yo estuviera en su lugar, no habría manera de convencerme de que todo lo que acabo de confesarle es real.

—Landon, no espero que me creas. En verdad no. Es hasta risible. Pero, aunque sea por diversión, ¿podrías complacerme por unas cuantas horas? Sólo finge que me crees y responde a mis preguntas, aunque pienses que ya conozco las respuestas. Si para mañana sigues seguro de que estoy loco o de que miento, puedes entregarme a la policía.

Sacude la cabeza, parece decepcionado.

—Aunque tuviera certeza de que estás loco, nunca te entregaría a la policía, Silas. Eres mi hermano. —Hace una seña al mesero para que rellene su bebida. Da otro trago y luego se pone cómodo.

—Está bien. Dispara.

Sonrío. Sabía que siempre me ha agradado mi hermano.

—¿Qué sucedió entre Brett y nuestro padre?

Landon se ríe en voz baja.

—Esto es ridículo —murmura—. Tú sabes más sobre aquello que yo. —Luego se inclina hacia delante y empieza a darme una respuesta—. Se inició una investigación hace un par de años debido a una auditoría externa. Muchas personas perdieron fuertes cantidades de dinero. Exoneraron a papá y acusaron a Brett del fraude.

—¿Papá es inocente?

Landon se encoge de hombros.

—Me gustaría pensar que sí. Su nombre fue arrastrado por el lodo y perdió la mayor parte de su negocio después de todo. Se ha esforzado por restablecerlo. Pero ahora nadie le confía su dinero. Aunque, supongo que no deberíamos quejarnos. Nos fue mejor que a la familia de Charlie.

—Papá acusó a Charlie de tomar algunos archivos de su oficina. ¿De qué hablaba?

—No pudieron dar con el dinero, así que supusieron que Brett o papá lo estaban escondiendo en cuentas de paraísos fiscales. Antes del juicio, papá no durmió durante tres días. Revisó cada detalle de todas las transacciones y los recibos de los últimos diez años. Una noche salió de su oficina cargando un archivo. Advirtió que lo había descubierto, que había encontrado dónde tenía Brett el dinero. Finalmente tenía las pruebas para sostener que Brett era responsable de todo. Llamó a su abogado y le dijo que enviaría la evidencia tras dormir un par de horas. Al día siguiente… no logró encontrar los documentos. Te echó la culpa, supuso que habías prevenido a Charlie. Hasta la fecha cree que ella se llevó esos archivos. Ella lo negó. Tú lo negaste. Y sin la evidencia que aseguraba tener, nunca pudieron acusar a Brett de todos los cargos. Probablemente saldrá de la cárcel en cinco años por buena conducta. Por lo que había contado papá, esos archivos lo hundirían en la cárcel de por vida.

«Es demasiada información para recordarla toda».

Levanto un dedo.

—Regreso en un momento. —Me deslizo fuera del gabinete y salgo corriendo del restaurante, directo al carro. Busco papel para tomar notas. De vuelta, encuentro a Landon donde lo dejé. No sigo con las preguntas hasta que escribo lo que me ha contado. Y luego menciono algo de lo que sé, sólo para ver cómo actúa—. Yo tomé esos archivos —le digo a Landon. Sus ojos se entrecierran.

—Creí que no podías recordar nada.

—No puedo. Pero en las notas decía que estaba ocultando algunos archivos. ¿Por qué crees que los tomaría si probaban la inocencia de papá?

Landon medita con cuidado mi pregunta, luego sacude la cabeza.

—No lo sé. Quienquiera que los haya robado, nunca hizo nada con ellos. Así que la única razón que tendrías para haberlo hecho es para proteger al papá de Charlie.

—¿Por qué querría proteger a Brett Wynwood?

—Tal vez no lo protegías a él. Quizá lo hiciste por Charlie.

Dejo caer la pluma. «Eso es». El único motivo para quitarle esos papeles a mi padre era por Charlie.

—¿Ella era muy cercana a su padre?

Landon vuelve a reírse.

—Mucho. Era una de esas «niñas de papi». Para ser del todo honesto, creo que la única persona a la que amaba más que a ti, era a su padre.

Es como armar un rompecabezas del que ni siquiera conozco la forma, pero siento que por fin algunas piezas van encajando. El viejo Silas hubiera hecho cualquier cosa para hacer feliz a Charlie. Eso incluye protegerla de la verdad sobre su padre.

—¿Qué sucedió con Charlie y conmigo después? Quiero decir… si ella amaba tanto a su padre y el mío fue quien lo puso tras las rejas, es de suponer que no querría seguir conmigo.

Landon niega con la cabeza.

—Tú eras todo lo que tenía —me cuenta—. Permaneciste a su lado a través de todo el proceso. Nada molestó tanto a papá como saber que tú no estabas cien por ciento de su lado.

—¿Yo creía que papá era inocente?

—Por supuesto —dice Landon—. Sólo dejaste en claro que no ibas a tomar partido entre él y Charlie. Por desgracia, para papá eso significó que tú estabas con *ellos*. Ustedes dos no han estado en los mejores términos durante el último par de años. Las pocas veces que te habla es para gritarte desde las tribunas en los juegos de los viernes.

—¿Por qué está tan obsesionado con que juegue futbol americano?

Parece que cada pregunta mía desata la risa de Landon.

—Ha vivido obsesionado con que su hijo asista a su *alma mater*, incluso desde antes de tener hijos. Nos atragantó con futbol desde que pudimos caminar. Para mí no tiene importancia, pero tú siempre lo odiaste. Eso lo hace resentirse más, porque tienes talento para el juego, lo llevas en la sangre. Aunque lo único que has querido siempre es dejarlo. —Esboza una sonrisa—. Dios mío, debiste haberlo visto cuando apareció anoche y tú no estabas en el campo. Trató de detener el juego hasta que pudiéramos encontrarte, pero los oficiales no lo permitieron.

Tomo nota de eso.

—¿Sabes?... No recuerdo cómo jugarlo.

La sonrisa de Landon se hace aún más grande y evidente.

—De todo lo que me has dicho, es lo primero que en realidad te creo. El otro día, en la reunión previa a la jugada, parecías perdido. «Tú. Haz esa cosa». —No puede evitar la explosión de sus carcajadas—. Así que agrega eso a tu lista. Olvidaste cómo jugar futbol americano. Qué conveniente.

Le hago caso:

Recuerdo letras de canciones.
Olvidé a las personas que conozco.
Recuerdo a personas que no conozco.
Recuerdo cómo usar una cámara.
Odio el futbol, pero estoy obligado a jugarlo.
Olvidé cómo jugar futbol.

Miro la lista. Estoy seguro de que tenía escrito mucho más en la vieja lista, pero es imposible recordar todo lo que contenía.

—Déjame verla —me pide Landon. Revisa lo que he garabateado—. Mierda. De verdad te estás tomando esto en serio. —La mira por unos segundos y luego me la devuelve—. Pareciera que puedes recordar las cosas que aprendiste por ti mismo, como letras de canciones y lo de tu cámara, pero has olvidado lo que te han enseñado.

Coloco la lista frente a mí y la observo. Quizás tenga razón, aunque eso no explica por qué no me acuerdo de las personas. También apunto eso y prosigo con mis preguntas.

—¿Cuánto tiempo lleva Charlie con Brian? ¿Nosotros terminamos?

Se pasa la mano por el pelo y bebe de su refresco. Levanta los pies y se recarga contra la pared, estirando las piernas sobre el asiento.

—Vamos a quedarnos todo el día aquí, ¿verdad?

—Si es necesario.

—Brian siempre ha estado enamorado de Charlie y todos lo saben. Tú y Brian nunca se han llevado bien por lo mismo, pero tú la llevas tranquila por el bien del equipo. Después de que su padre fue a prisión, Charlie empezó a cambiar. Ya no era tan... agradable. No es que antes lo fuera, pero de un tiempo a la fecha se convirtió en algo parecido a una *bully*. Ustedes dos no hacen más que pelear. Honestamente, no creo que lleve mucho tiempo saliendo con él. Empezó cuando, para molestarte, le prestaba atención si tú estabas cerca. Supongo que mantenía las apariencias con él cuando estaban solos. Pero, no estoy convencido de que él le guste. Ella es mucho más inteligente y, si alguien ha sido usado en todo esto, es Brian.

Escribo todo al tiempo que asiento. Tengo el presentimiento de que a Charlie no le interesaba ese tipo en realidad. Todo indica que nuestra relación se encontraba en el aire y Charlie estaba haciendo todo lo posible para probar nuestra resistencia.

—¿Cuáles eran las creencias religiosas de Charlie? ¿Sabes si creía en el vudú o si se dedicaba a hechizos o algo así?

—No, que yo sepa —confiesa—. A todos nos criaron como católicos, pero no somos practicantes, a menos que se trate de una festividad importante.

Todavía tengo demasiadas preguntas y no sé con cuál seguir.

—¿Hay algo más? ¿Algo fuera de lo normal que haya sucedido la semana pasada?

De inmediato noto que Landon oculta algo, se delata por la expresión de su cara y la manera en que se remueve en el asiento.

—¿Qué pasa?

Baja los pies del asiento y se inclina hacia delante, me dice en voz muy queda:

—La policía… estuvo hoy en la casa. Los escuché interrogando a Ezra sobre si había sucedido algo inusual. Al principio ella lo negó, pero la culpa la traicionó. Mencionó que había encontrado sábanas en tu recámara; que había sangre en ellas.

Me recargo contra el respaldo del gabinete y levanto la vista al techo. Eso no está bien.

—Espera —advierto, inclinándome hacia delante—, eso fue la semana pasada. Antes de que Charlie desapareciera. No puede estar relacionado con su desaparición.

—No, lo sé. Ezra también les dijo eso. Que fue la semana pasada y que vio a Charlie ese mismo día. Pero aun así, Silas. ¿Qué demonios hicieron? ¿Por qué había sangre en las sábanas? Por la forma de pensar de la policía, probablemente suponen que golpeabas a Charlie o algo parecido y que, finalmente, rebasaste los límites.

—Nunca le haría daño —pronuncio en tono defensivo—. Amo a esa chica.

En cuanto las palabras salen de mi boca, sacudo la cabeza. No comprendo por qué dije eso. No recuerdo conocerla. Nunca he hablado con ella.

Pero, ¡por Dios! Acabo de decir que la amo y lo sentí con todo el corazón.

—¿Cómo puedes amarla? Aseguras que no la recuerdas.

—No la recuerdo, pero estoy completamente seguro de lo que siento por ella. —Me levanto—. Y es por eso que necesitamos encontrarla. Empezaremos con su padre.

Landon trata de tranquilizarme. No tiene idea de lo frustrante que es haber perdido ocho horas cuando sólo tienes cuarenta y ocho.

Son más de las ocho de la noche, hemos desperdiciado el día completo. En cuanto dejamos el restaurante, nos dirigimos a la prisión para visitar a Brett Wynwood. Está a casi tres horas de viaje. La ida, la vuelta y dos horas de espera, sólo para que nos indicaran que no estamos en la lista de visitantes y no podía hacerse nada para cambiarlo... Estoy más que furioso.

No pueden existir errores cuando tengo sólo unas cuantas horas para descubrir dónde está ella, antes de perder todo lo que he aprendido desde ayer.

Nos detenemos junto al carro de Landon, que está donde lo dejamos, afuera de la antigua casa de Charlie. Apago el motor, salgo de la camioneta y camino hasta la puerta del domicilio. Tiene dos candados, parece como si nunca hubieran sido usados.

—¿Quién compró la casa? —pregunto a Landon.

Oigo su risa detrás de mí, así que me doy la vuelta. No estoy bromeando, él lo nota y gira la cabeza.

—Vamos, Silas. Deja ya de actuar. Sabes quién compró la casa.

Respiro con firmeza, inhalo por la nariz y exhalo por la boca. No puedo culparlo por pensar que estoy fingiendo.

Muevo la cabeza de arriba abajo y luego volteo de nuevo hacia la puerta.

—Dame por mi lado, Landon.

Escucho que patea la grava y gruñe.

—Janice Delacroix —dice.

El nombre no significa nada para mí, pero regreso a la camioneta y abro la puerta para anotar el nombre en mi nueva lista de recopilación de datos.

—Delacroix. ¿Es un apellido francés?

—Claro —responde—. Es dueña de una de esas tiendas de turistas en el centro de la ciudad. Lee el tarot o alguna mierda de esa. Nadie sabe cómo logró comprar el lugar. Su hija va en nuestra escuela.

Paro de escribir. «La lectora de tarot». Eso explica la fotografía y también por qué no quería darme más información sobre la casa…

—Entonces, ¿en realidad *vive* gente aquí? —pregunto, volteando a verlo.

Se encoge de hombros.

—Sí. Aunque sólo dos personas: ella y su hija. Con toda probabilidad usan una entrada diferente. No se ve que abran mucho esta puerta.

Miro detrás de la puerta… la casa.

—¿Cómo se llama su hija?

—Cora —contesta—. Cora Delacroix. Pero todos la conocen como el Camarón.

16
Charlie

Durante mucho tiempo no viene nadie. Creo que me están castigando. Tengo sed y necesito ir al baño. Me aguanto lo más que puedo, pero termino orinando en el vaso de plástico de mi charola de desayuno y, cuando lo lleno, lo coloco en el rincón del cuarto. Camino de un lado a otro, jalándome el cabello, hasta casi enloquecer.

¿Y si nadie regresa? ¿Y si me dejan morir aquí?

La puerta no va a ceder; me raspo el puño de tanto que la golpeo. Grito para que alguien me ayude, hasta quedarme ronca.

Estoy sentada en el piso, con la cabeza entre las manos, cuando por fin se abre la puerta. Salto. No es la enfermera, es otra persona, alguien más joven. Su bata de hospital le cuelga sobre el pequeño cuerpo. Parece una niña con ropa de adulto. La observo con cautela mientras ella se desplaza por el diminuto cuarto. Mira el vaso en el rincón y alza las cejas.

—¿Necesitas usar el baño? —pregunta.

—Sí.

Deja la charola, mi estómago gruñe.

—Pedí ver al doctor —digo.

Sus ojos se mueven de izquierda a derecha. «Está nerviosa. ¿Por qué?».

—El doctor está ocupado hoy —responde, sin mirarme.

—¿Dónde está la otra enfermera?

—Es su día libre.

Puedo oler la comida. Tengo tanta hambre.

—Necesito usar el baño —pido—. ¿Puedes llevarme?

Asiente, pero al parecer me tiene miedo. La sigo fuera del cuartito, hacia el reducido corredor. ¿Qué clase de hospital tiene los baños en un área separada de las habitaciones de sus pacientes? Se queda a un lado mientras uso el baño, se retuerce las manos y su cara va cobrando un horrible tono rosa.

Cuando termino, comete el error de voltear hacia la puerta. Cuando la abre, saco el trozo de tubo de mi bata y se lo pongo en el cuello.

Me da la cara de nuevo y sus pequeños y saltones ojos se agrandan por el miedo.

—Deja caer las llaves y retrocede poco a poco —ordeno—. O te meteré esto directamente en la garganta.

Asiente. Las llaves resuenan contra el piso. Avanzo hacia ella, con el arma extendida hacia su cuello. La empujo para que camine de espaldas, hasta el cuarto. Una vez ahí, la lanzo contra la cama. Cae de espaldas y grita.

Para entonces, ya estoy del otro lado de la puerta y llevo las llaves conmigo. Me dispongo a cerrarla, la chica corre hacia mí, con la boca abierta en un grito. Luchamos por un momento: ella empuja para abrir la puerta mientras yo introduzco la llave en la cerradura y escucho el chasquido del metal.

Las manos me tiemblan mientras rebusco entre las llaves, tratando de encontrar la correcta para abrir la próxima puerta. Realmente no sé qué habrá cuando la pase. ¿Un pasillo de hospital, enfermeras y doctores? ¿Alguien estará ahí para arrastrarme de regreso al cuartito?

No.

No hay manera de que me hagan regresar. Heriré a quien trate de impedirme salir de aquí.

Pero no veo un hospital ni personal ni alguien más cuando abro la puerta. En cambio, hay una impresionante bodega de vinos. Botellas polvorientas colocadas en cientos de pequeños agujeros. Huele a fermentación y a polvo. Una escalera sube por un lado de la bodega. Hay una puerta en la parte superior.

Subo corriendo las escaleras. Uno de mis dedos del pie golpea con fuerza contra el concreto y siento que la sangre húmeda corre por él. Casi me resbalo, pero me sujeto del barandal a tiempo.

La puerta da a una cocina; una sola luz ilumina los mostradores y los pisos. No me detengo a mirar. Necesito encontrar… ¡otra puerta! Pongo la mano sobre la manija y, esta vez, no está cerrada con llave. Grito en señal de triunfo mientras la abro de par en par. El aire de la noche me golpea en la cara. Inhalo con agradecimiento.

Luego corro.

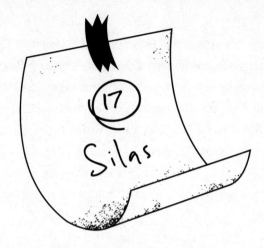

Silas

—¡No puedes entrar sin permiso, Silas! —grita Landon.

Estoy tratando de escalar la puerta, pero mi pie se resbala.

—Ayúdame a subir —exclamo.

Él se acerca hacia mí y me ofrece sus manos, con las palmas hacia arriba, aunque trata con palabras de evitar que trepe. Me subo en sus manos y él me impulsa, así alcanzo los barrotes próximos a la parte superior de la puerta.

—Regresaré en diez minutos. Sólo quiero revisar la propiedad.

Como sé que Landon no cree una palabra de lo que le he contado hoy, no menciono que estoy seguro de que esta chica, Cora, sabe algo. Si ella está dentro de la casa, la obligaré a hablar.

Finalmente llego a la parte de arriba y bajo del otro lado. Cuando mis pies tocan la tierra, me pongo de pie.

—No te vayas hasta que regrese —le pido a Landon.

Me doy la vuelta y echo un vistazo a la casa. Está a unos doscientos metros, oculta tras filas de sauces llorones. Pareciera que tienen largos brazos que se balancean hacia la puerta del frente, me tientan para avanzar.

Me abro paso por el camino que lleva al pórtico. Es una casa hermosa. Entiendo por qué Charlie la extrañaba tanto. Miro las ventanas. Dos de ellas, en el piso de arriba, tienen luz, pero la planta baja está completamente a oscuras.

Casi llego al cobertizo que se extiende por todo el frente de la casa. Mi corazón late tan de prisa en mi pecho que en realidad puedo escucharlo. Aparte del ocasional ruido de algún insecto y el golpeteo de mi pulso, hay un silencio absoluto.

Hasta que se rompe.

El ladrido es tan fuerte y cercano que retumba en mi estómago y vibra por mi torso. No logro ver de dónde proviene.

Me quedo congelado, trato de no hacer movimientos bruscos.

Un gruñido profundo se desliza por el aire como un trueno. Miro con cuidado sobre mi hombro, sin voltear.

El perro está parado detrás de mí, con los belfos hacia atrás y los dientes tan blancos y afilados que parecen brillar.

Retrocede sobre sus patas traseras y, antes de que pueda correr o buscar algo para defenderme, ya está en el aire, arremetiendo contra mí, directo a mi garganta.

Puedo sentir que sus dientes perforan la piel del dorso de mi mano. Si no hubiera cubierto mi cuello, en este momento estarían en mi yugular. La enorme fuerza del animal me avienta al suelo. La carne se abre en mi mano mientras el can agita la cabeza de un lado a otro y yo trato de quitármelo de encima.

Entonces algo lo golpea. Escucho un gemido y luego un golpe seco.

Y silencio.

Está demasiado oscuro para ver lo que acaba de suceder. Respiro profundo y trato de levantarme.

Miro al perro, una pieza afilada de metal sobresale de su cuello. La sangre se encharca alrededor de su cabeza, tiñe el pasto con el color de la medianoche.

Y entonces percibo un fuerte aroma a flores... *lilas*... Me rodea mezclado con una racha de viento.

—Eres tú.

De inmediato reconozco su voz, aunque es más un susurro. Ella está parada a mi derecha, la luna ilumina su rostro. Las lágrimas resbalan por sus mejillas, con una mano tapa su boca. Tiene los ojos bien abiertos, me mira como en estado de *shock*.

«Está aquí.

»Está viva».

Quiero tomarla entre mis brazos, abrazarla y decirle que está bien, que vamos a solucionar esto. Pero es muy probable que no tenga idea de quién soy.

—¿Charlie?

Ella retira lentamente la mano de la boca.

—¿Me llamo Charlie? —pregunta.

Afirmo con la cabeza. El terror en su cara se transforma en alivio. Da un paso adelante y se me abalanza: rodea mi cuello con sus brazos, presiona su cara contra mi pecho. Su cuerpo se agita por los sollozos.

—Necesitamos irnos —dice entre lágrimas—. Tenemos que irnos antes de que me encuentren.

«¿La encuentren?».

También la abrazo con fuerza, pero pronto tomo su mano y corremos hacia la puerta. Cuando Landon ve a Charlie, empieza a sacudir con desesperación los candados que cierran la entrada. Trata de hallar una manera de sacarnos, para que ella no tenga que trepar, pero es imposible.

—Usa mi camioneta —le digo—. Dobla la puerta. Tenemos que apurarnos.

Voltea a ver el carro y luego a mí.

—¿Quieres que rompa la puerta? Silas, esa camioneta es como tu bebé.

—¡No me importa en absoluto! —vocifero—. ¡Necesitamos salir!

Actúa deprisa, corre directo al auto.

—¡Apártense del camino! —grita, mientras trepa al interior.

Mete la reversa y, cuando ha tomado suficiente impulso, hunde el acelerador para avanzar.

El sonido del hierro sobre el metal no es tan alto como el que emite mi corazón al ver que la camioneta se convierte en chatarra. Lo bueno es que no estoy muy apegada a ella, la he usado por menos de dos días.

Landon tiene que repetir la hazaña dos veces más hasta que dobla el hierro lo suficiente para que Charlie y yo podamos pasar. Una vez al otro lado de la reja, abro la puerta trasera del carro de Landon y la ayudo a entrar.

—Deja mi carro aquí —le indico a mi hermano—. Nos ocuparemos de él más tarde.

Cuando todos estamos en el la camioneta y por fin nos alejamos de la casa, Landon levanta su teléfono celular.

—Llamaré a papá y le diré que la encontraste, para que avise a la policía.

Le quito el aparato de las manos.

—No. La policía no.

Azota el volante con frustración.

—¡Silas, tienes que decirles que está bien! Esto es ridículo. Están siendo totalmente ridículos con esto.

Lo miro con firmeza.

—Landon, tienes que creerme. Charlie y yo vamos a perder la memoria en poco más de doce horas. Tengo que llevarla a un hotel para explicarle todo y luego necesito escribir lo que sabemos. Si notificamos a la policía, nos separarán para interrogarnos. Necesito estar con ella cuando esto suceda de nuevo. No me importa si no me crees, pero eres mi hermano y necesito que hagas esto por mí.

No responde a mi solicitud. Estamos al final del camino; puedo ver el movimiento de su garganta mientras pasa saliva, trata de decidir si da vuelta a la izquierda o a la derecha.

—Por favor —le ruego—. Sólo necesito hasta mañana.

Libera el aire contenido en sus pulmones y da vuelta a la derecha (la dirección opuesta a nuestras casas). Lanzo un suspiro de alivio.

—Te debo una.

—Más bien como un millón —murmura.

Miro a Charlie, que va sentada en el asiento de atrás, y me contempla, obviamente aterrada por lo que oye.

—¿A qué te refieres con que esto nos sucederá de nuevo mañana? —inquiere, con voz temblorosa.

Me deslizo hacia atrás con ella y la atraigo hacia mí. Se hunde contra mi pecho, puedo sentir que su corazón se une al mío.

—Te explicaré todo en el hotel.

Asiente.

—¿Te llamó Silas? ¿Ese es tu nombre?

Su voz se escucha rasposa, como si se hubiera quedado ronca de tanto gritar. No quiero ni pensar en las cosas por las que habrá pasado.

—Sí —le digo, subiendo y bajando mi mano para frotar su brazo—. Silas Nash.

—Silas —murmura—. Desde ayer me he estado preguntando cómo te llamas.

De inmediato me pongo rígido y la miro.

—¿A qué te refieres? ¿Cómo es que me recuerdas?

—Soñé contigo.

«Ella soñó conmigo».

Saco la corta lista de mi bolsillo y le pido a Landon una pluma. Él agarra una de la guantera y me la entrega. Escribo una nota acerca de los sueños y cómo Charlie me reconoció sin tener recuerdos de mí. También registro que mi propio sueño con ella parecía más un recuerdo. ¿Nuestros sueños pueden ser pistas sobre nuestro pasado?

Charlie me observa mientras escribo todo lo que ha sucedido en la última hora. Sin embargo, nunca me cuestiona. Doblo la hoja y la vuelvo a guardar.

—¿Y qué sucede con nosotros? —pregunta—. ¿Estamos como... enamorados y esa mierda?

Me río a carcajadas por primera vez desde ayer por la mañana.

—Claro —contesto, todavía riendo—. Al parecer he estado «enamorado y esa mierda» de ti durante dieciocho años.

Le pido a Landon que venga a nuestro cuarto de hotel mañana a las 11:30 a. m. Si esto acontece de nuevo, necesitaremos algo de tiempo para ajustarnos, leer las notas y aclimatarnos a nuestra situación. Él titubea, pero acaba aceptando. Dijo que le confesaría a papá que nos había buscado todo el día, sin suerte.

Me siento mal por mantener a la gente preocupada hasta mañana, pero no voy a permitir que Charlie se me pierda de vista de nuevo. Ni siquiera dejé que cerrara la puerta cuando dijo que quería tomar un baño. Un baño *caliente*, aclaró.

Cuando llegamos al hotel, le conté todo lo que sabía. Lo que, una vez que concluí, no parecía mucho.

Ella me relató lo que le había sucedido desde ayer por la mañana. Me siento aliviado de que no fuera nada serio, pero me perturba que la tuvieran encerrada en el sótano. ¿Por qué el Camarón y su madre retuvieron a Charlie en contra de su voluntad? Obviamente, la mujer había tratado de despistarme ayer cuando dijo: «las respuestas a tus preguntas las tiene alguien muy cerca de ti».

Sí, la persona con las respuestas estaba *muy* cerca de mí. A medio metro de distancia.

No obstante, esta información es de las mejores pistas que hemos obtenido en la última semana. No me puedo imaginar por qué la mantenían encerrada. Es lo primero que quiero que descubramos mañana; por esa razón estoy procurando que nuestras notas sean detalladas y precisas, para tener un mejor inicio.

También escribí una nota para que Charlie vaya a la estación de policía y pida que le regresen sus pertenencias. No pueden conservarlas si ella no está perdida y necesitamos desesperadamente esas cartas y diarios. La clave de todo podría estar escrita ahí y, hasta que no los tengamos de vuelta, seguiremos completamente atorados.

La puerta del baño se abre más y escucho que ella camina hacia la cama. Estoy sentado ante el escritorio, sigo escribiendo notas. Levanto la vista para verla sentarse en el colchón, con los pies colgando de la orilla de la cama. Ella también me mira.

Después de la terrible experiencia, esperaba detectarla más impresionada, pero es dura. Escuchó con atención cuando expliqué todo lo que sabía y no dudó una sola vez de mí. Incluso me lanzó algunas teorías propias.

—Conociéndome, probablemente trataré de correr mañana si despierto en un cuarto de hotel con un tipo al que no conozco —dice—. Tal vez debería escribir yo misma una nota y pegarla sobre el picaporte de la puerta, indicándome que espere, por lo menos hasta mediodía, antes de salir de aquí despavorida.

Ruda e inteligente.

Le entrego una hoja de papel y una pluma, y escribe una nota para sí misma y luego se acerca a la puerta de la habitación.

—Debemos tratar de dormir un poco —le indico—. Si esto vuelve a ocurrir, necesitaremos estar bien descansados.

Ella concuerda y se trepa en la cama. Ni siquiera me preocupé por pedir una recámara con dos camas. No sé por qué. No me detuve a pensar en cómo se iban a desarrollar las cosas durante la noche. Creo que simplemente soy demasiado protector con ella. La idea de no tener la certeza de que está junto a mí me produce incomodidad, aunque hubiera otra cama a un metro de distancia.

Pongo la alarma a las 10:30 de la mañana. Eso nos dará tiempo para despertar y prepararnos; mientras, espero que obtengamos unas buenas seis horas de sueño. Apago las luces y me meto en la cama junto a ella.

Ella está en su lado y yo en el mío, y hago todo lo posible para no acercarme y acariciarla o para no pasar mi brazo alrededor de ella, cuando menos. No quiero alterarla, aunque es algo que, de alguna manera, siento como natural.

Acomodo mi almohada y le doy la vuelta para que el lado más frío quede contra mi mejilla. Doy la cara a la pared y mantengo mi espalda contra la suya, para asegurarme de que no se sienta incómoda por compartir una cama conmigo.

—¿Silas? —susurra.

Me gusta su voz. Es reconfortante pero eléctrica.

—¿Sí?

Ella gira para verme, pero yo aún le doy la espalda.

—No sé por qué, pero siento que dormiremos mejor si me abrazas. No tocarte parece más incómodo que hacerlo.

El cuarto está a oscuras, aun así me esfuerzo para no sonreír. De inmediato me doy la vuelta y ella se acerca a mi pecho. La rodeo con mis brazos y la atraigo hacia mí, su cuerpo se curva perfectamente para acomodarse al mío, con sus pies enredados en los míos.

«Así es como debe ser».

Por esto sentía un inquebrantable deseo de encontrarla. Porque hasta este mismo instante no me había dado cuenta de que Charlie no era la única perdida. Cuando desapareció, parte de mí lo hizo junto con ella. Esta es la primera vez que me siento como si fuera yo (Silas Nash), desde el momento en que desperté ayer.

Ella se topa con mi mano en la oscuridad y desliza sus dedos entre los míos.

—¿Estás asustado, Silas?

Suspiro. Odiaría que se quedara dormida pensando en eso.

—Estoy preocupado —le comento—. No quiero que pase de nuevo. Pero no estoy asustado, porque esta vez sé dónde estás.

Si se pudiera escuchar una sonrisa, la suya sería una canción de amor.

—Buenas noches, Silas —susurra.

Sus hombros se elevan y caen cuando deja escapar un suspiro profundo. Su respiración se tranquiliza después de unos minutos, se ha quedado dormida.

Antes de que cierre los ojos, reajusta ligeramente su posición, alcanzo a admirar un atisbo de su tatuaje. La silueta de árboles se asoma en su espalda, por arriba de la blusa.

Me encantaría que hubiera una carta que describiera el día en que nos tatuamos. Daría cualquier cosa por recuperar ese recuerdo; para saber qué pasaba entre nosotros cuando nos amábamos lo suficiente como para creer que sería para siempre.

Tal vez soñaré con eso si lo pienso al momento de dormir.

Cierro los ojos, sabiendo que así es como se supone que debe ser todo.

Charlie y Silas.

Juntos.

No sé por qué empezamos a apartarnos, pero estoy seguro de algo: nunca permitiré que pase de nuevo.

Le doy un suave beso en el pelo, algo que quizás he hecho un millón de veces, pero las polillas borrachas que revolotean en mi estómago hacen que lo sienta como si fuera la primera vez.

—Buenas noches, nenita Charlie.

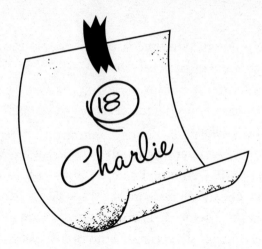

18

Charlie

Me despierta la luz.

Entra por la ventana y calienta mi rostro. Me doy la vuelta para buscar a Silas, pero su almohada está vacía.

Por un instante tengo miedo de que me haya abandonado o de que alguien se lo haya llevado. Entonces oigo el tintinear de una taza y el sonido de sus movimientos. Entrecierro los ojos, me siento agradecida. Puedo oler comida.

—Desayuno —anuncia.

Me escurro fuera de la cama, consciente del aspecto que debo tener. Me paso los dedos por el pelo y me froto los ojos para alejar el sueño. Silas está sentado frente al escritorio, bebe café y escribe algo en una hoja.

Jalo una silla, me siento a su lado y tomo un cuernito. No quiero comer, pero lo hago de todos modos. Él pretende que estemos bien descansados y alimentados antes de que el reloj dé las 11:00 am. Mi estómago está lleno de nervios, recuerdo cómo fue despertar sin memoria dos días antes. No quiero que suceda de nuevo. No me gustó entonces y no me gustará esta vez.

Cada tantos segundos, él levanta la vista y nos miramos a los ojos, antes de que él regrese a su tarea. También parece nervioso.

Después del cuernito, como tocino, huevos y, al final, una dona. Me termino el café de Silas, bebo mi jugo de naranja y me aparto de la mesa. Él sonríe y se da unos golpecitos a un costado de la boca. Levanto la mano y me sacudo las migajas de la cara, siento que el calor sube a mis mejillas. Sin embargo, él no se ríe de mí. Lo sé.

Me entrega un cepillo de dientes en su empaque y me sigue al baño. Nos lavamos los dientes, nos miramos el uno al otro en el espejo. Su pelo está perfecto; el mío, enredado. Es un poco cómico. No puedo creer que estoy con el chico de mis sueños, en el mismo cuarto. Parece surrealista.

Miro el reloj mientras salimos del baño. Nos quedan diez minutos. Silas tiene preparadas sus notas, igual que yo. Las dejamos en la cama de modo que nos rodeen. Todo lo que sabemos está aquí. Esta vez será diferente. Estamos juntos. Tenemos a Landon. Vamos a descubrir esto.

Nos sentamos, uno frente al otro, en la cama. Nuestras rodillas se rozan. Desde donde estoy veo que los números rojos del reloj marcan las 10:59 a. m.

Un minuto. Mi corazón se acelera.

Tengo tanto miedo.

Empiezo la cuenta regresiva en mi cabeza.

59… 58… 57… 56…

Cuento hacia atrás hasta treinta. Silas se inclina hacia delante. Sus manos sostienen mi cara por la barbilla. Puedo olerlo, sentir su aliento en mis labios.

Pierdo la noción del tiempo. No sé en qué segundo se supone que voy.

—Nunca, nunca —susurra.

Su calor, sus labios, sus manos.

Presiona su boca contra la mía y me besa profundamente, y yo…

Continuará…